诗书养心

——樊兆华诗词选

樊兆华 著

中国商务出版社
CCTP
CHINA COMMERCE AND TRADE PRESS

图书在版编目（CIP）数据

诗书养心：樊兆华诗词选／樊兆华著．—北京：中国商务出版社，2017.6
ISBN 978-7-5103-1938-9

Ⅰ．①诗…　Ⅱ．①樊…　Ⅲ．①诗词-作品集-中国-当代　Ⅳ．①I227

中国版本图书馆 CIP 数据核字（2017）第 148812 号

诗书养心——樊兆华诗词选
SHISHU YANGXIN——FANZHAOHUA SHICIXUAN
樊兆华　著

出　　版：中国商务出版社
地　　址：北京市东城区安定门外大街东后巷 28 号
邮　　编：100710
责任部门：财经事业部（010-64515163）
责任编辑：汪　沁
总 发 行：中国商务出版社发行部（010-64266193　64515150）
网　　址：http://www.cctpress.com
邮　　箱：cctp@cctpress.com
排　　版：北京科事洁技术开发有限责任公司
印　　刷：北京玥实印刷有限公司
开　　本：880 毫米×1230 米　1/32
印　　张：8　　字　　数：200 千字
版　　次：2017 年 7 月第 1 版　　印　　次：2017 年 7 月第 1 次印刷
书　　号：ISBN 978-7-5103-1938-9
定　　价：49.00 元

凡所购本版图书有印装质量问题，请与本社综合业务部联系。（电话：010-64212247）

自序

诗由心生。忙忙碌碌之中，百无聊赖之余，或信笔涂鸦，或搜肠刮肚；或有感于心，或瞩景起意；或情怀难抑，或感愤自激；或儿女情私，或天下为公；凡此种种，每理性困窘之时，即情感乘隙之际，人世情渐而化为纸上诗。不觉间，诗囊已若中年之体，自然而满矣，然多粗陋不堪之作。今拣其稍可寓目者，略辑为“读书篇”“行路篇”“咏物篇”及“论诗篇”，总名之《诗书养心》。现代理念浸淫之人，偏好古代镣铐之舞。不敢讲平仄皆合律，但只求韵调能上口。难免贻笑大方，敬待批评指正。

目录

读书篇

读　诗

注：“读书篇·读诗”目录中缺序号（二十五），是作者有意为之，本系列是按历代诗人出生年份排序，此位置应为诗圣杜甫。读杜诗不敢作诗，特空号以尊诗圣。

读 文

读　史

读　哲

读经济

读科技

行路篇

咏物篇

论诗篇

读书篇

读书，人生乐事也；
读后有感，乐之乐者也；
感而能成诗，乐之大乐者也。

---

* 本书诗韵皆采用新韵，即普通话韵。所用韵书为中华书局出版的《中华新韵》或上海古籍出版社出版的《诗韵新编》。一直主张，今人写律诗一定要用现代语言为基础的普通话韵，而不宜用以古代语言为基础的平水韵。书尾有专诗论述这个观点。

读诗

[一]　《诗经选译》读后[①]

溯流探本至诗经，
远古怨忧能近听。
相鼠伐檀发众怒，
投桃采葛诉心倾。
世无巧械民仍朴，
诗有真情品自升。
黄鸟青蝇纷飞止，
挹酒还思北斗星[②]。

---

① 《诗经选译》：《诗经》，又称《诗三百》，是中国最早的诗歌总集。收入自西周初年至春秋中叶大约五百多年的诗歌（前11世纪至前6世纪）。西汉时被尊为儒家经典，始称《诗经》，并沿用至今。诗的作者，绝大部分已经无法考证。所涉及的地域，主要是黄河流域，西起山西和甘肃东部，北到河北省西南，东至山东，南及江汉流域。最早的作品大约成于西周初期，根据《尚书》上所说，《豳风·鸱鸮》为周公旦所作。最晚的作品成于春秋时期中叶，据郑玄《诗谱序》，是《陈风·株林》。关于《诗经》中诗的分类，有“四始六义”之说。“四始”指《风》、《大雅》、《小雅》、《颂》的四篇列首位的诗。“六义”则指“风、雅、颂，赋、比、兴”。“风、雅、颂”是按音乐不同的分类，“赋、比、兴”是表现手法。《诗经》多以四言为主，兼有杂言。本书选诗179首，其中“国风”104首，大、小“雅”62首，“颂”13首。

② 《诗经·小雅·大东》有句：“维南有箕，不可以簸扬。维北有斗，不可以挹酒浆。”

[二]

《楚辞选译》读后[1]

剖心泣血赋离骚，
不遇明君忠枉抛。
渔父空歌沧浪水，
神龟难卜骐骥镳。
贤人束手兰蔽野，
美政裹足艾缠腰。
却看前塘芰荷满，
污泥岂碍香远飘？

---

① 《楚辞选译》：楚辞又称“楚词”，是战国时代的伟大诗人屈原创造的一种诗体。作品运用楚地的文学样式、方言声韵，叙写楚地的山川人物、历史风情，具有浓厚的地方特色。汉代时，刘向把屈原的作品及宋玉等人“承袭屈赋”的作品编辑成集，名为《楚辞》。后人将《诗经》与《楚辞》并称为风、骚。风指十五国风，代表《诗经》，充满着现实主义精神；骚指《离骚》，代表《楚辞》，充满着浪漫主义气息。风、骚成为中国古典诗歌现实主义和浪漫主义创作的两大流派。以屈原作品为代表的楚辞，是中国文学两大源头之一，其丰沛的激情、瑰丽的想象、惊艳的词采，一直成为后世作家心仪的榜样。本书选辞 29 篇。

［三］

《贾谊诗赋选》读后①

立言高妙立功微，
远见未行身早摧。
史叹时风折庙柱，
人悲天命止文辉。
直言谔谔锋芒刃，
宏赋昭昭众口碑。
千古空惜长沙傅，
江山锦绣鹏乱飞。

① 《贾谊诗赋选》：贾谊（前200—前168），世称贾生、贾太傅、贾长沙，西汉初年著名的政论家和文学家，汉骚体赋的开创人物。本书选诗赋6首。

[四]

《张衡诗赋选》读后[1]

晓地知天善属文，
手侔造化笔如神。
诗翔四野愁无际，
赋落二京虑有痕。
宣志归田人寂寞，
纵心离物道嶙峋。
空俟河清筹佐策，
但思玄远越时尘。

① 《张衡诗赋选》：张衡（78—139）字平子，东汉伟大的天文学家、数学家、发明家、地理学家、文学家。他是汉赋发展史上承前启后、具有划时代巨大贡献的重要作家。本书选诗赋 14 首。

［五］

《两汉乐府诗精选》读后[1]

民歌官采储流光，
千载犹闻泥土香。
陌上柔桑沾雨俏，
城南枭骑战敌伤。
情节跌宕悲情戏，
人物鲜活口语腔。
常恨史诗中土匮，
读之补憾品华章。

---

① 《两汉乐府诗精选》：乐府的名称起源于秦，汉时沿用旧称，汉惠帝时设“乐府令”，汉武帝时立“乐府署”，以李延年为“协律都尉”。乐府诗为中国传统诗歌诗体的一种，原指合音乐以唱的歌诗。这些诗，原本在民间流传，经由乐府保存下来，汉人叫作“歌诗”，魏晋时始称“乐府”或“汉乐府”。据《汉书·艺文志》载，（乐府）“有代、赵之讴，秦、楚之风，皆感于哀乐、缘事而发，亦可以观风俗，知薄厚云”。汉乐府是继《诗经》之后，古代民歌的又一次大汇集，开创了诗歌现实主义的新风。女性题材作品占重要位置，它用通俗的语言构造贴近生活的作品，由杂言渐趋向五言，采用叙事写法，刻画人物细致入微，创造人物性格鲜明，故事情节较为完整，而且能突出思想内涵，着重描绘典型细节，开拓叙事诗发展成熟的新阶段，是中国诗史五言诗体发展的一个重要阶段。汉乐府在文学史上有极高的地位，与诗经、楚辞可鼎足而立。本书选诗10首。

[六]

《古诗十九首》读后[①]

(一)

拙朴汉诗天籁音，
直言素语写率真。
此身似寄应耽酒，
世路如棋须占津。
望远思亲愁宦苦，
惜生悟死重德馨。
今人只诵高古调，
谁解先民赤子心？

---

① 《古诗十九首》：最早见于《文选》，为南朝梁萧统从传世无名氏《古诗》中选录十九首编入，编者把这些作者已经无法考证的五言诗汇集起来，冠以此名，列在“杂诗”类之首，后世遂作为组诗看待。《古诗十九首》的时代大概在东汉后期数十年（约140年—190年）之间，这是乐府古诗文人化的显著标志。《古诗十九首》在五言诗的发展上有重要地位，在中国诗史上也有相当重要的意义，它的题材内容和表现手法为后人师法，几至形成模式。它的艺术风格，也影响到后世诗歌的创作与批评。刘勰的《文心雕龙》称它为“五言之冠冕”。

（二）

民心深处有情真，
字刻句雕诗化金。
思妇劳人同怨怼，
逐臣弃友各吟呻。
人如寄客百年短，
诗似恒星万古新。
莫叹当时歌者苦，
流传代代有知音。

[七]

《三曹诗选》读后[①]

乱世英雄乱世文，
史尘散尽好诗存。
沧海关山横槊赋，
神龟老骥纵笔吟。
生前有志平寰宇，
死后无人维紫宸。
煮豆燃萁兄举剑[②]，
作歌借曲弟失魂。
操父诗荡风云气，
丕植词露泣妇痕。
少敌多猎自称勇，
有势无德也聚人。
高殿酣酒堆文藻，

---

① 《三曹诗选》：曹操（155—220）、曹丕（187—226）、曹植（192—232）合称“三曹”，是建安时代最为优秀的诗人。他们雅爱词章，不但以帝王之尊、公子之豪提倡文学，促成了五言古体诗歌的黄金时代，而且身体力行，创作了各具风格的名篇佳什。本书选取曹操诗19首、曹丕诗39首、曹植诗70首。

② 曹植《七步诗》：煮豆持作羹，漉豉以为汁。萁在釜下燃，豆在釜中泣。本自同根生，相煎何太急？

残霞御女赴仙门。
英雄造自血和火，
庸子成于杯与裙。
领袖若能血缘递，
九州天下仍姓秦。
江山万里百千代，
主宰兴亡终是民。

[八]

《左思诗赋选》读后[①]

丽赋传扬赖贵人，
洛阳纸贵亦伤神。
松沉涧底经风吼，
贤落草泽望海吟。
翰墨抒怀诗咏史，
铅刀割世刃失魂。
莫临岁暮伤衰齿，
千仞振衣啸紫辰。

① 《左思诗赋选》：左思（250？—305？）字太冲，西晋著名诗人。左思家世儒学，出生寒微。貌丑口讷，但辞藻壮丽。《三都赋》盛重当时，"豪贵之家竞相传写，洛阳为之纸贵"。本书选诗赋16首。

［九］

《陶渊明集》读后①

大德不耐小儿烦②，
解绶荷锄隐故园。
持酒携菊同醉饮，
掩扉听犬自酣眠。
闻多恬淡轻生死，
见惯清高困饥寒。
莫叹当时闲梦笔，
德名却赖美文传。

① 《陶渊明集》：陶渊明（365—427），东晋末期南朝宋初期诗人、文学家、辞赋家、散文家，世称“靖节先生”，田园诗派第一人，被称为“千古隐逸之宗”。传世作品有诗125首、文12篇，后人编为《陶渊明集》。

② 《陶渊明传》：岁终，会郡遣督邮至，县吏请曰：“应束带见之。”渊明叹曰：“我岂能为五斗米，折腰向乡里小儿！”

[十]

《谢灵运诗选》读后[1]

读罢谢公黯伤神，
才名折命反不臣[2]。
政坛循迹蝇狗辈，
诗界开宗山水魂。
乱世强为非智者，
流官纵放似达人。
柳禽春草年年变，
谁见池楼康乐痕？

---

① 《谢灵运诗选》：谢灵运（385—433），东晋和南朝宋时代诗人，中国山水诗的开创者，是第一个大量创作山水诗的诗人。好营园林，游山水，制作出一种“上山则去前齿，下山去其后齿”的木屐，后人称之为“谢公屐”。其诗鲜丽清新、自然恬静、形象鲜明、意境优美，一改魏晋以来晦涩的玄言诗之风。本书选诗53首。

② 五代·李瀚《蒙求》载：“谢灵运尝云：‘天下才共有一石，子建独得八斗，我得一斗，自古及今同用一斗。’”

[十一]

《鲍照诗选》读后①

寒门抱恨少金台，
哀愤盈诗怨满怀。
夷世厌闻高古调，
明君偏爱竞奔材②。
孤桐琴梦终随火，
显宦功碑岂剩骸。
入海清浊皆是水，
长河谁见有归来？

---

① 《鲍照诗选》：鲍照（414—470）南朝宋文学家，与颜延之、谢灵运合称“元嘉三大家”。其诗俊逸豪放，奇矫凌厉，所作乐府诗突破了传统乐府格律束缚，思想深沉含蓄，意境清新幽邃，辞藻华美流畅，抒情淋漓尽致。本书选诗66首。

② 实为奔竞。

［十二］

《谢朓诗选》读后[1]

小谢诗发清丽音，
太白低首认前尊[2]。
澄江铺练霞织绮，
夏木展帷荷补襟。
敛翼不甘长翮废，
乘流却恐险涡深。
才良命短世无道，
笑看兴亡赏暮春。

---

① 《谢朓诗选》：谢朓（464—499），南朝齐诗人，与谢灵运同族，世称“二谢”，谢灵运为大谢，谢朓为小谢。其诗清丽新警、圆美流转，代表了齐梁时期诗歌的最高成就，在当世就享有盛名，对中古诗歌格律化做出了巨大贡献。本书选诗 68 首。

② 清人王士禛《论诗绝句》中说李白“一生低首谢宣城”。李白在诗中经常提起谢朓：“解道澄江静如练，令人长忆谢玄晖”（《金陵城西楼月下吟》），“三山怀谢朓，水澹望长安”（《三山望金陵寄殷淑》），“我吟谢朓诗上语，朔风飒飒吹飞雨”（《酬殷明佐见赠五云裘歌》），“蓬莱文章建安骨，中间小谢又清发”（《宣州谢朓楼饯别校书叔云》），可见李白对谢朓的倾倒。

[十三]

《庾信诗选》读后[①]

数典庾诗且耐烦，
胜穷南北命该然。
柔思历雪生新骨，
真意脱缰越旧栏。
幽径春临花有落，
长空雁叫夜无眠。
江山万里归一醉，
知己倾杯莫剩残。

① 《庾信诗选》：庾信（513—581），南北朝时期著名诗人，是整个南北朝诗歌艺术的集大成者。初仕梁，任昭明太子东宫讲读，后出使西魏，时值西魏灭梁，于是羁留北方。历仕西魏、北周，官至缥骑大将军开府仪同三司，世称“庾开府”。早年诗文绮艳轻靡，晚年诗文苍凉沉郁，深受杜甫推崇。本书选诗80首。

[十四]

《薛道衡传及诗》读后[1]

迂阔终招缢颈巾，
才学筹略反伤身。
私非新政惹君怒，
赋颂先皇触主昏。
蛛网燕泥传诵古，
高天秋气肃杀今。
故年随夜春逐晓，
且弃史书捧酒樽。

① 《薛道衡传及诗》：薛道衡（540—609），字玄卿，隋代诗人，为隋代诗人中艺术成就最高者。本书选诗21首、传1篇。

[十五]

《王勃诗集》读后①

英才天纵气难平，
孤愤傥言狂傲行。
弄智檄鸡人远渡，
倾情送友凤低鸣。
人生苦短迷浓雾，
文象高华胜彩虹。
恣肆笔锋惊造化，
贯穿今古透苍穹。

---

① 《王勃诗集》：王勃（649—676），字子安，唐代诗人，与杨炯、卢照邻、骆宾王并称“初唐四杰”，王勃是“初唐四杰”之冠。本书选诗76首。

[十六]

《宋之问诗集》读后①

伟貌高才堕落魂，
时逢乱政势折人。
巧思取幸攀明主，
谄媚求荣附宠臣。
舐蜜刀锋捷径险，
定型诗律首功淫。
此情难与后人道，
飞鸟随风入断云。

---

① 《宋之问诗集》：宋之问（656—712），字延清，名少连，初唐时期著名诗人，与沈佺期并称“沈宋”。他创造了七言律诗的新体，使律诗各体制都达到了成熟定型的地步，明确划开了古体诗和近体诗的界限，是律诗的奠基人之一。本书选诗 182 首。

[十七]

《张若虚〈春江花月夜〉》读后[①]

尘没千年再重生。
孤篇得誉峰上峰。
长天不忍情枯寂，
大地岂容金化空。
彼代春归江入海，
那时夜尽花坠风。
多情只有当年月，
独伴张诗到世终。

---

① 张若虚（约660—约720），唐代诗人，与贺知章、张旭、包融并称为“吴中四士”。张若虚诗作存世仅2首，但其中的《春江花月夜》却是唐诗的代表作之一。

[十八]

《陈子昂诗集》读后[①]

怀忧伤远上高台，
怅望千秋只影徊。
文章高蹈宠臣斥，
筹策纵横主将埋。
风骨销磨空仗剑，
岁华摇落恨屈才。
逢时却负苍生望，
流恸赋诗难解怀。

① 《陈子昂诗集》：陈子昂（约 661—702），字伯玉，唐代文学家，初唐诗文革新人物之一，后世称为陈拾遗。本书选诗 139 首。

[十九]

《王之涣诗》读后①

时命不偕枉寄怀，
史书吝字史尘埋。
深悲盗墓昭身世，
长叹遘疾陨异才。
俯视黄河入海去，
遥闻羌管阻春来。
旗亭画壁当时盛，
压卷全唐后世排。

① 王之涣（688—742），字季凌，盛唐时期著名诗人。其诗大气磅礴，意境开阔，热情洋溢，韵调优美，朗朗上口，广为传颂，多被当时乐工制曲歌唱，名动一时。存诗4首。

[二十]

《孟浩然诗选》读后[1]

隐不安心仕不成，
一生潦倒两途穷。
田间林际藏远志，
春暮秋兴惹归情。
夜雨落花悲命蹇，
桑园把酒乐友逢。
君王肯弃民不弃[2]，
终世布衣史留名。

① 《孟浩然诗选》：孟浩然（689—740），唐代山水田园派诗人，与王维合称为“王孟”。本书选诗62首。

② 《新唐书·孟浩然传》载：年四十，乃游京师。尝于太学赋诗，一座嗟伏，无敢抗。张九龄、王维雅称道之。维私邀入内署，俄而玄宗至，浩然匿床下，维以实对，帝喜曰：“朕闻其人而未见也，何惧而匿？”诏浩然出。帝问其诗，浩然再拜，自诵所为，至“不才明主弃”之句，帝曰：“卿不求仕，而朕未尝弃卿，奈何诬我？”因放还。

[二十一]

《王昌龄诗集》读后①

盛唐豪气势冲天，
举剑挥毫可靖边。
大漠雄关秋月照，
白云黄草阵旗翻。
诗含三境矫风翼，
手制七绝列矩轩。
征北谪南诗万里，
群朋酬唱苦成甘。

① 《王昌龄诗集》：王昌龄（698—756），字少伯，盛唐著名边塞诗人，后人誉为“七绝圣手”。本书选诗210首。

[二十二]

《高适诗选》读后[1]

盛唐豪气盖高天，
落纸成诗边塞篇。
大漠长风吹冷雪，
宝刀快马走重山。
古来明主难遭遇，
胸有真才易谒干。
高适五十终显贵，
前行莫顾日西偏。

① 《高适诗选》：高适（700—765），盛唐时期“边塞诗派”的领军人物。本书选诗106首。

[二十三]

《王维诗选》读后①

圣代流风士散闲，
怡山悦水乐田园。
天云望处心飞鹤，
宦意颓时口颂禅。
青史能携佛号入，
红尘却借泪诗还②。
花开叶落千年转，
一曲阳关天下弹。

① 《王维诗选》：王维（701—761），字摩诘，人称诗佛，盛唐时期山水田园诗派的杰出代表。世有“李白是天才，杜甫是地才，王维是人才”之说，唐代宗曾誉之为“天下文宗”。其诗清新淡远、浑然天成、自然脱俗、满渗禅意，被苏轼称为“味摩诘之诗，诗中有画；观摩诘之画，画中有诗”。本书选诗 148 首。

② 《旧唐书·王维传》载：禄山陷两都，玄宗出幸，维扈从不及，为贼所得。维服药取痢，伪称瘖病。禄山素怜之，遣人迎置洛阳，拘于普施寺，迫以伪署。禄山宴其徒于凝碧宫，其乐工皆梨园弟子、教坊工人。维闻之悲恻，潜为诗曰：“万户伤心生野烟，百官何日再朝天？秋槐花落空宫里，凝碧池头奏管弦。”贼平，陷贼官三等定罪。维以《凝碧诗》闻于行在，肃宗嘉之。会缙请削己刑部侍郎以赎兄罪，特宥之。

[二十四]

《李白诗选》读后[1]

诗仙灵性乃天成，
意气书生自纵横。
醉酒狂歌愁易掩，
睨尊傲上路难行[2]。
攀飞云月终混世，
流落江湖类转蓬。
才大难为当朝用，
却化文星万古明。

---

① 《李白诗选》：李白（701—762），盛唐诗人，史称“诗仙”，最伟大的浪漫主义诗人。其诗气概豪迈、情怀激昂、想象超凡、清新自然，取得了后世难以企及的成就，被称为“谪仙词”。本书选诗299首。

② 《唐才子传·李白》载：“白浮游四方，欲登华山，乘醉跨驴经县治，宰不知，怒，引至庭下曰：‘汝何人，敢无礼！’白供状不书姓名，曰：‘曾令龙巾拭吐，御手调羹，贵妃捧砚，力士脱靴。天子门前，尚容走马；华阴县里，不得骑驴？’宰惊愧，拜谢曰：‘不知翰林至此。’白长笑而去。”

[二十六]

《岑参诗选》读后①

豪情两度赴边关，
功业蹉跎泪欲潸。
雪舞梨花归路冷，
风折白草大旗翻。
外藩闲置庙廊器，
斗米严拘江海竿。
取俸须思民汗血，
文人矫态耻微官。

---

① 《岑参诗选》：岑参（715—770），唐代著名边塞诗人，写有边塞诗70多首，为盛唐数量最多。本书选诗94首。

［二十七］

《刘长卿诗选》读后[①]

苦水寒山逐转蓬，
清才直道世难容。
鄙俗反被俗迁斥，
忤上偏为上辱凌。
孤雁霜秋浮战垒，
谪官残日过邮亭。
怨怀湮没荒蒿里，
惟有存诗诉不平。

① 《刘长卿诗选》：刘长卿（约 726—786），字文房，世称刘随州，盛唐诗人，长于五言，自称“五言长城”。本书选诗 112 首。

［二十八］

《韦应物诗选》读后①

人在衙斋心在田，
出尘入世两茫然。
从俗炫耀旗马盛，
求雅感伤菊酒残。
官有良心民有幸，
诗无真意史无传。
试诘天下朱衣者，
哪个常思愧俸钱？

① 《韦应物诗选》：韦应物（735—792），唐朝山水田园诗派诗人，后人每以王孟韦柳并称。本书选诗 157 首。

［二十九］

《李益诗全集》读后①

大唐雄主重开边，
才子建功度雪山。
勋业空随书剑老，
诗情枉伴角弓喧。
关山秋月飞鸿苦，
庭柳春风舞絮欢。
前事堪悲何怨命，
负才尚气路难宽。

---

① 《李益诗全集》：李益（748—829），字君虞，中唐边塞诗人。本书选诗 184 首。

[三十]

《孟郊诗选》读后[①]

寒门孤士草根虫，
曾向高天发苦鸣。
峭风梳骨酸呻细，
真性锥情哀叫宏。
幼子新坟慈母线，
长街快马稗官亭。
琢削硬语书心曲，
代有知音涩泪零。

① 《孟郊诗选》：孟郊（751—814），字东野，唐代著名诗人，有“诗囚”之称，与贾岛齐名，人称“郊寒岛瘦”。本书选诗68首。

[三十一]

《韩愈诗选》读后[1]

平正文章险怪诗，
一人两面各妍媸。
牢骚每起归田意，
激愤不移入世思。
贬路犹行仁政事，
皇都终见烟柳枝。
世间总有可为处，
何必仰天怅若失？

① 《韩愈诗选》：韩愈（768—824），唐代古文运动的倡导者，苏轼称他“文起八代之衰”，明人推为唐宋八大家之首，与柳宗元并称“韩柳”，有“文章巨公”和“百代文宗”之名。韩诗力求新奇、用韵险怪、以文为诗、别开生面，开创了“说理诗派”的诗风。本书选诗67首。

［三十二］

《刘禹锡诗选》读后[①]

一鹤千年唳九天，
丹心只付此江山。
晴秋奋翅排云远，
夕照跃足舞影宽。
豪气充诗真爽脆，
坦言佐酒似狂颠。
今宵月好宜先睡，
拼酒斗诗梦里欢。

① 《刘禹锡诗选》：刘禹锡（约772—约842），字梦得，唐代诗人，有诗豪之誉。与白居易并称“刘白”。与柳宗元并称“刘柳”。本书选诗28首。

[三十三]

《白居易诗选》读后①

一片丹心死未息，
缘何近老爱偏居？
台衡血溅墙危立，
湖野花开吏隐栖。
秦地吟完哀满腹，
琵琶奏罢泪湿衣。
人生长恨不如草，
只信诗名永绿萋②。

---

① 白居易（772—846），字乐天，晚年又号香山居士，中唐伟大现实主义诗人，是中国文学史上负有盛名且影响深远的诗人和文学家。其诗题材广泛，形式多样，语言平易通俗，有“诗魔”“诗王”之称。主张诗“为君、为臣、为民、为物、为事而作，不为文而作也”。白居易与元稹齐名，号“元白”，晚年又与刘禹锡唱和甚多，人称为“刘白”。本书选诗200余首。

② 元和十年（815年），白居易《与元九书》：“仆数月来，检讨囊帙中，得新旧诗，各以类分，分为卷目”。在卷后题诗：“世间富贵应无分，身后文章合有名。莫怪气粗言语大，新排十五卷诗成。”

［三十四］

《柳宗元诗选》读后[①]

许国不幸遇君昏，
岭外穷荒两寄身。
哀怨千重诗已诉，
屈沉十载志难伸。
读书养气文生采，
种柳行仁地覆阴。
刻鼎铭钟皆化土，
长河流荡显真金。

---

① 《柳宗元诗选》：柳宗元（773—819），唐代文学家、哲学家、散文家和思想家，中唐诗坛的领军人物。与韩愈共同倡导唐代古文运动，并称为“韩柳”；与刘禹锡并称“刘柳”；与王维、孟浩然、韦应物并称“王孟韦柳”。本书选诗63首。

[三十五]

《贾岛诗集》读后[①]

脱却僧袍换士服，
毕生未改做诗奴。
精雕辞句拆蝉翼，
高步云山续鹤足。
诗润心源行吟苦，
人疲仕路奔竞俗。
月出深海终成梦，
僧弟空呼黍已熟。

① 《贾岛诗集》：贾岛（779—843），字浪（阆）仙，又名瘦岛，唐代著名的“苦吟派”诗人，与孟郊并称“郊寒岛瘦”，被称为“诗奴”。本书选诗396首。

[三十六]

《李贺诗集》读后①

人世难容诡幻才，
招魂觅鬼守灵台。
续骚炫彩辞夺目，
刺弊愤时理入怀。
天地无情人易老，
死生有序史难排。
锤深凿险呕心血，
化碧长诗无土埋。

① 《李贺诗集》：李贺（790—816），字长吉，后世称为李昌谷，唐代著名诗人。因擅长写鬼魂，后世称其人为“诗鬼”、称其诗为“鬼仙之辞”。本书选诗223首。

[三十七]

《杜牧诗选》读后①

人逢末世志难酬，
羝角触藩枉营谋。
参悟长空没飞鸟，
流连明月照青楼。
翻新激赏红霜叶，
述旧深悲苦宦游。
莫道此生不得意，
一诗传世胜万侯！

---

① 《杜牧诗选》：杜牧（803—852），晚唐著名诗人，与李商隐一起被称为小李杜。本书选诗185首。

［三十八］

《温庭筠诗词选》读后①

天资滥用误终身，
流落四方恨暮春。
纵酒杯盛失意泪，
喧歌曲染寂寥音。
鸡催行早归祭远，
谁阻言直取憎深。
转借闺情抒悱恻，
却成鼻祖触花心。

① 《温庭筠诗词选》：温庭筠（约 812—866），本名岐，艺名庭筠，字飞卿，晚唐时期诗人词人。富有天才，文思敏捷，每入试，押官韵，八叉手而成八韵，被称为“温八叉”。诗史上与李商隐齐名，时称“温李”。本书选诗 111 首。

[三十九]

《李商隐诗选》读后①

彷徨宦路误相思，
误尽人生不自知。
情负红颜孤寂泪，
名留青史浮艳诗。
匡国无分非关命，
对蜡有情却缘痴。
万里长江终流尽，
几多才俊逝如斯。

---

① 《李商隐诗选》：李商隐（812—858），晚唐最杰出的诗人，与杜牧合称“小李杜”，与温庭筠合称为“温李”，又与李贺、李白合称“三李”。其诗构思新奇，风格秾丽，尤其是一些爱情诗与无题诗写得缠绵悱恻，为人传诵，但部分诗歌过于隐晦迷离，难于索解，至有“诗家总爱西昆好，独恨无人作郑笺”之说。本书选诗185首。

[四十]

《罗隐诗集》读后①

考梯难上谒乏媒，
奔走东西意未颓。
末世沉沦时命定，
晚年知遇事人为。
调高韵响诗声振，
貌陋名昭旅迹回。
谷变陵迁存几事？
诗传众口剩文奎。

① 《罗隐诗集》：罗隐（833—909），字昭谏，号江东生，晚唐诗人。本书选诗462首。

［四十一］

《杜荀鹤诗集》读后①

世情无道侮书生，
时乱村儒枉用功。
乞仕无门天地窄，
遇人不善气节松。
身疲行道和贫守，
心苦吟诗与命争。
卷雁风吹官帽去，
千年留有诵诗声。

① 《杜荀鹤诗集》：杜荀鹤（约846—906），字彦之，自号九华山人，晚唐著名现实主义诗人。本书集诗316首。

［四十二］

《冯延巳词集》读后①

笙歌散后上高轩，
不望江山只忆欢。
闲情吹皱春池水，
余恨烧浓黄草烟。
唯怨离多欢会少，
不愁祚止内争喧。
人间善恶天难管，
但取真情赐美篇。

① 《冯延巳词集》：冯延巳（903—960）又名延嗣，字正中，南唐词人。陆游《南唐书·冯延巳传》记载，孙晟称冯“鸿笔藻丽，十生不及君；诙谐歌酒，百生不及君；谄媚险诈，累劫不及君”。本书辑词118首。

[四十三]

《李煜全集》读后[1]

多情才子亡国主，
造化不言却弄人。
千卷史书藏窄隙，
万年文脉刻深纹。
愁随春水流不断，
词入人心酿更纯。
武帝陵墟牛马踩，
众花邀月祭词魂。

① 李煜（937—978），南唐最后一位国君。该书汇辑李煜诗、词、文全部作品，包括存疑词、残句，是目前李煜作品最全面的辑本。本书辑词69首。

[四十四]

《王禹偁诗词选》读后[1]

行道直躬岂顾身，
闲官三黜守孤贞。
松屈深涧经霜老，
竹立偏衙沥雨新。
赊酒驱愁撑病体，
吟诗遣岁赖情根。
斯文脉动千年事，
主管风骚权最真。

① 《王禹偁诗词选》：王禹偁（954—1001），字元之，世称王黄州。北宋诗文革新运动先驱。本书选诗词211首。

[四十五]

《柳永词选》读后①

词至柳七路径新，
慢声长调写情深。
可怜颂圣拂君意②，
堪幸寻芳得众心③。
残月晓风醒宿酒，
红帏香枕醉儒身。

---

① 《柳永词选》：柳永（987—1053），北宋著名词人，婉约派最具代表性的人物。以毕生精力作词，以“白衣卿相”自诩。其词铺叙刻画，情景交融，语言通俗，音律谐婉，在当时流传极其广泛，人称“凡有井水饮处，皆能歌柳词”。本书选词105首。

② （宋）王辟之《渑水燕谈录》卷八载：皇祐中，久困调选。入内都知史某爱其才而怜其潦倒。会教坊进新曲《醉蓬莱》，时司天台奏老人星见。史乘仁宗之悦，以耆卿应制。耆卿方冀进用，欣然走笔，甚自得意，词名《醉蓬莱慢》。比进呈，上见首有“渐”字，色若不悦。读至“宸游凤辇何处”，乃与御制真宗挽词暗合，上惨然。又读至“太液波翻”，曰：“何不言波澄?”乃掷于地，永自此不复用。

③ （宋）叶梦得《避暑录话》记载：“柳永为举子时，多游狭邪，善为歌辞。教坊乐工每得新腔，必求永为辞，始行于世，于是声传一时。”柳永死时，“葬资竞无所出”，是歌伎们集资安葬了他。此后，每逢清明，都有歌伎舞伎载酒肴饮于柳永墓前，祭奠这位词人，时人谓之“吊柳会”，也叫“上风流冢”。没有“吊柳会”“上风流冢”者，不敢到乐游原上踏青。这形成了一种风俗，直到宋高宗南渡之后才中断。歌伎们对柳永的爱甚至到了“不愿君王召，愿得柳七叫；不愿千黄金，愿得柳七心；不愿神仙见，愿识柳七面”的地步。

人生得纵真情性，
黄叶飘飞也是春。

[四十六]

《范仲淹诗词选》读后①

文治武功熔一身，
大儒风骨重千钧。
鸣生默死直臣志，
乐后忧先仁士心。
塞北江南留胜迹，
词坛诗史奏清音。
不因宠辱移心志，
终立高标冠古今。

① 范仲淹（989—1052），字希文，北宋著名文学家，世称范文正公。诗词文均有名篇传世。本书选诗词101首。

［四十七］

《张先词》读后①

诗朋酒友日欢哉，
一世风流老未衰。
文笔精工雕妙影，
词心澄澈惹轻埃。
多情明月随人走，
解语春花对客开。
行乐人生须自找，
莫嘘命蹇怨时乖。

---

① 《张先词》：张先（990—1078），字子野，北宋著名词人，世称张三影。本书辑词195首。

［四十八］

《晏殊〈珠玉词〉》读后[①]

深院华屋援笔时，
襟情不尽赋闲词。
显荣难觅官谪苦，
富贵何知民患食。
花落燕来人怅怅，
歌残酒醉梦迟迟。
荣华展眼云霞褪，
雅调千年驻刻石。

① 晏殊（991—1055）字同叔，北宋著名词人，与其第七子晏几道，被称为“大晏”和“小晏”，与欧阳修并称“晏欧”。能诗善词，文章典丽，以词最为突出，有“宰相词人”之称，开创北宋婉约词风，被称为“北宋倚声家之初祖”。《珠玉词》辑词131首。

［四十九］

《欧阳修诗词文选评》读后[1]

终世不移作鲠臣，
蓄德化墨笔如神。
匡时救弊诗文道，
遣兴剖衷词赋魂。
异议能容称盛世，
真儒得立有新民。
醉翁不醒非因酒，
大宋江山足醉人。

① 《欧阳修诗词文选评》：欧阳修（1007—1072），字永叔，号醉翁、六一居士，世称欧阳文忠公，北宋文学家，是宋代文学史上最早开创一代文风的文坛领袖，与韩愈、柳宗元和苏轼被后人称为“千古文章四大家”，与韩愈、柳宗元、苏轼、苏洵、苏辙、王安石、曾巩被世人称为“唐宋散文八大家”。本书共选诗词文 86 篇。

[五十]

《王安石诗文选》读后[1]

时才补世事功微，
枉献纯心祭圣碑。
有幸明君知遇半，
不堪天下怨责堆。
官如春水一时盛，
文似恒星永世辉。
毁誉由人千载变，
江南草绿乱莺飞。

① 《王安石诗文选》：王安石（102—1086），字介甫，号半山，世称王荆公，北宋著名文学家。本书选诗文116篇。

［五十一］

《晏几道词选》读后①

沉沦不减傲骄心，
舞扇歌楼寄醉魂。
酒入愁肠春梦浅，
词出恋念鬓华深。
红笺费泪相思语，
纤指伤弦离恨音。
自古多情皆是病，
为花愁损百年身。

① 《晏几道词选》：晏几道（1030—1106），字叔原，号小山，北宋著名词人。晏殊第七子。时称小晏。本书选词73首。

[五十二]

《苏轼诗词选》读后[①]

东坡妙手若天成，
更贵常心真性情。
月涌大江观潮浪，
梅开泥雪笑蜗蝇，
酒红便作青春色，
雨大何妨吟啸行。
自古达人多病鹤，
谁及天地一飞鸿[②]？

① 《苏轼诗词选》：苏轼（1037—1101），北宋文学家，与父苏洵、弟苏辙合称“三苏”，堪称文学艺术全才。其文汪洋恣肆，明白畅达，与欧阳修并称“欧苏”，为唐宋八大家之一；诗清新豪健，善用夸张比喻，在艺术表现方面独具风格，与黄庭坚并称“苏黄”；词开豪放一派，成为词界革新的领袖，对后代很有影响，与辛弃疾并称“苏辛”。本书选诗135首、词27篇。

② 《和子由渑池怀旧》：“人生到处知何似，应似飞鸿踏雪泥。泥上偶然留指爪，鸿飞那复计东西。老僧已死成新塔，坏壁无由见旧题。往日崎岖还知否，路长人困蹇驴嘶。”

［五十三］

《黄庭坚诗词选》读后[①]

黄九诗词似一般，
经言妙句难点圈。
江山不助浮云笔，
书画易涂无色笺。
咏题唱和文人戏，
化旧堆新才子编。
鼓吹拗涩鲁直体，
可笑天才苏子瞻[②]。

① 《黄庭坚诗词选》：黄庭坚（1045—1105），北宋诗坛大家。本书选诗130首、词16首。

② 苏轼以为“一代之诗，当推鲁直”，且“自谓效黄鲁直体”。

[五十四]

《秦观词选》读后[1]

山抹微云脂粉轻，
少游词句恸歌莺。
愁识征雁行行字，
怨起珠帘细细风。
花沾夜露含春泪，
月坠残钩带叁星。
江南风物多柔媚，
化入诗心作女声。

① 《秦观词选》：秦观（1049—1100），北宋著名词人，婉约派代表作家，与黄庭坚、张耒、晁补之合称“苏门四学士”。本书选词77首。

［五十五］

《贺铸词选》读后[①]

执戟文人执笔侠，
违离南北倦天涯。
重生芳草欺残鬓，
失伴鸳鸯啼落华。
凌厉奇崛姿纵纵，
温柔缱绻意察察。
闲愁如许何销尽？
醉觅新词醒觅茶。

① 《贺铸词选》：贺铸（1052—1125）字方回，又名贺三愁，人称贺梅子，自号庆湖遗老，北宋词人。本书选词50首。

［五十六］

《周邦彦词选》读后[①]

词丽源于用情深，
美成雅艳冠古今。
旅愁招惹相思雨，
闺怨淋漓别恨樽。
拂柳吟花风流种，
谀新谄贵落魄人。
天恐人间情难表，
特出工笔写浓真。

① 《周邦彦词选》：周邦彦（1056—1121），北宋词人。其词浑厚和雅，富艳精工，被公认为两宋婉约、格律派大家，有词论称他为“词家之冠”。本书选词109首。

［五十七］

《朱敦儒词选》读后[1]

挑月担花世外行，
难择歧路命途穷。
入朝归野难求拒，
附贵轻爵有损盈。
酌酒裁诗矜旷逸，
辞乡渡水叹飘零。
人生无地逃羁绊，
南北东西处处逢。

① 《朱敦儒词选》：朱敦儒（1081—1159），字希真，号岩壑。宋代词人，有“词俊”之名。本书选36首。

［五十八］

《李清照诗词选》读后①

脂粉难遮才气浓，
须眉颔首认女雄。
婉词两宋开新界，
美誉千年挂彩虹。
泪眼苦寻秋雁字，
愁心醉卧晚花丛。
国亡家破爱人死，
可叹诗工总命穷。

① 《李清照诗词选》：李清照（1084—1155），宋代（北宋南宋之交）女词人，有“千古第一才女”美誉。词作善用白描手法，自辟途径，语言清丽，典雅协律，独步一时，流传千古，被誉为“词家一大宗”。本书选词45首、诗10首。

［五十九］

《张元干〈芦川词〉》读后[①]

仰天慷慨啸悲歌，
末路英才怨所托。
破碎山河空弔影，
斑斓笔墨枉驱车。
生前总恨知音少，
死后哪知同道多。
谁唱张词中海畔？
风烛雄主泪婆娑。

① 张元干（1091—1170?）字仲宗，号芦川居士。此书共收词作180余首，题材比较广泛，风格多样，以爱国豪放的词风为主。

［六十］

《岳飞诗词全集》读后[①]

文武全才世所罕，
胜于强虏败于奸。
明君不记家国恨，
背字反招父子冤。
至死岳飞参未透，
谋生浊世顺为先。
佞臣自古势如铁，
忠骨折尽葬青山。

---

① 《岳飞诗词全集》：岳飞（1103—1142），字鹏举，中国历史上著名的军事家、战略家，文学才华突出。本书选词诗18首。

［六十一］

《陆游诗词选》读后①

时过千年读放翁，
赤诚犹可撞心钟。
沈园画壁情愁始②，
稽山示儿国恨终③。
满腔忧愤驱墨笔，
半卷诗词驻汗青。
纵然未击一贼死，
后人谁敢轻书生？

---

① 《陆游诗词选》：陆游（1125—1210），南宋伟大的爱国主义诗人，其诗既有雄浑豪健、踔厉风发的一面，又有平中见奇、素雅清幽的一面，代表了南宋诗的最高水平。本书选诗188首、词22首。

② 陆游原娶唐婉为妻，两人自小青梅竹马、情深意笃，结合后夫妻甚是恩爱。但陆游母亲不喜欢唐婉，二人遂被迫分离。后来，陆游另娶王氏，唐婉也改嫁同郡赵士程。十年后，三十一岁的陆游到山阴城东南的沈园游玩，巧遇唐婉，出于礼貌，唐婉以黄縢酒肴殷勤相待，陆游百感交集“怅然久之”，就在沈园墙壁上题写了《钗头凤》：“红酥手，黄縢酒，满城春色宫墙柳。东风恶，欢情薄，一怀愁绪，几年离索。错！错！错！春如旧，人空瘦，泪痕红浥鲛绡透。桃花落，闲池阁，山盟虽在，锦书难托。莫！莫！莫！”。后人感其深情，墨迹受到保护，淳熙年间（1174—1189年）还存在。

③ 陆游绝笔《示儿》诗：死去元知万事空，但悲不见九州同。王师北定中原日，家祭无忘告乃翁。

［六十二］

《范成大诗词选》读后[①]

游宦四方负政声，
归乡退隐一身轻。
功堆廊庙名成烬，
诗写田园字化星。
饱览山川伤土裂，
常忧民瘼喜年丰。
进能济世退能养，
千古知音觅有踪。

---

① 《范成大诗词选》：范成大（1126—1193），字致能，号石湖居士。南宋诗人，与杨万里、陆游、尤袤合称南宋“中兴四大诗人”。本书选诗词353首。

［六十三］

《杨万里诗词选》读后[①]

尽道诚斋法自然，
生生万象入诗源。
细读方辨师心迹，
粗览安识遁世铃。
官少已谋言谔谔，
诗多童趣意闲闲。
人格终做诗格主，
心立真诚诗永传。

① 《杨万里诗词选》：杨万里（1127—1206），字廷秀，号诚斋。南宋著名爱国诗人，“南宋四大家”之一，被誉为一代诗宗。其诗清新自然，幽默诙谐，富有情趣，号为“诚斋体”。本书选诗100余首、词8首。

[六十四]

《张孝祥词选》读后[①]

冰肝雪胆遇熏风，
力扫胡尘志化空。
剑落积尘悲早断，
泪抛故土愤全倾。
振拔音调能击鼓，
英迈词篇可点烽。
时过千年文力在，
后人读此气填膺。

---

① 《张孝祥词选》：张孝祥（1132—1169），字安国，别号于湖居士，唐代诗人张籍之七世孙。南宋著名词人，与张元干一起号称南渡初期词坛双璧，是南宋词坛豪放派的代表人物之一。本书选词19首。

[六十五]

《辛弃疾词选》读后[1]

稼轩慷慨朗声读，
可叹实才混腐儒。
万马敌军擒叛首，
千年文脉刻锦图。
塞北江南事未了，
生前身后名已浮。
谁人借我倚天剑？
斩尽庸君锈头颅！

---

① 《辛弃疾词选》：辛弃疾（1140—1207），南宋伟大的爱国者和杰出的词作家。其词抒写力图恢复国家统一的爱国热情，倾诉壮志难酬的悲愤，壮声英慨，足令懦士为之兴起，独特的词作风格被称为“稼轩体”，代表了南宋词的最高成就。据说他临终时还大呼“杀贼！杀贼！”本书选词107首。

［六十六］

《姜夔诗词选》读后[①]

白衣飘荡江淮地，
领印梅痕袖酒斑。
清空曲调暗香里，
骚雅词章疏影边。
天赋裁云缝雾手，
人书依翠偎红笺。
情伤情苦情无迹，
情触琴丝泪阑干。

① 《姜夔诗词选》：姜夔（1154—1221），字尧章，号白石道人，南宋著名词人，自度十七曲传世。本书选诗 70 首、词 84 首。

［六十七］

《刘克庄诗词选》读后[1]

一代宗工履迹糙，
四朝五黜历霜刀。
直言下野江湖远，
曲附上堂殿陛高。
念乱忧时磨铁砚，
咏梅讽世弄竹箫。
敢言无事污青史，
名挂云峰千载飘。

① 《刘克庄诗词选》：刘克庄（1187—1269），初名灼，号后村居士，南宋诗人词人，宋末文坛领袖。本书选诗词 143 首。

［六十八］

《元好问诗词选》读后[①]

诗家何幸赋沧桑？
国灭身囚痛难当。
修史集文中州梦，
狂歌醉酒晚秋霜。
循吏烦劳三千牍，
宗匠精雕九百章。
北地男儿英雄气，
化作长河落日光。

---

① 《元好问诗词选》：元好问（1190—1257），是金末元初最有成就的作家和历史学家，文坛盟主，是宋金对峙时期北方文学的主要代表，又是金元之际在文学上承前启后的桥梁，被尊为“北方文雄、一代文宗”。诗近少陵，词类苏辛，沉挚悲凉，寄寓遥深，代表了金元时期诗词创作的最高成就。本书选诗 149 首、词 90 首。

［六十九］

《文天祥诗词选》读后①

地覆天倾一柱撑，
德高泰岳事无功。
能生求死国臣志，
不可而为儒士风。
词吐苦心滴碧血，
诗含正气耀长空。
史流涤荡千年后，
剩有磐石可化星。

① 《文天祥诗词选》：文天祥（1236—1283），初名云孙，字天祥；中贡士后，换以天祥为名，改字履善；中状元后再改字宋瑞；后因住过文山，而号文山。宋末爱国诗人。本书选诗132首、词5首。

[七十]

《关汉卿散曲杂剧选》读后①

马蹄杂沓过山河，
腥掩书香膻障国。
士避勾栏逃仕路，
人集瓦舍纵心魔。
嘲风弄月是非远，
折柳攀花愁怨薄。
领袖梨园留圣迹，
至今冤大称窦娥。

---

① 《关汉卿散曲杂剧选》：关汉卿（生卒年不详。约生于金末，卒于元成宗大德（1297—1307 年）年间），号乙斋叟。元代杂剧奠基人，与白朴、马致远、郑光祖并称为“元曲四大家”，位列名首，被后世称为“曲圣”。《录鬼簿》著录关汉卿杂剧名目共 62 种，今存 18 种。

[七十一]

《戴表元诗选》读后①

北风卷地起黄埃，
颠沛诗心历盛衰。
谋世无门书酒隐，
营生有道笔犁开。
斯文重振责堪负，
纸亩勤耕慧早栽。
经苦情怀诗里老，
国亡难触黍离哀。

① 《戴表元诗选》：戴表元（1244—1310），字帅初，一字曾伯，号剡源，宋末元初重要诗人，被称为“东南文章大家”。本书选诗100首。

［七十二］

《刘因诗词曲选》读后[①]

乡儒绍理大音稀，
天地清才自傲居。
开馆授徒明道统，
闭门养气拒俗机。
青松不受春风管，
才望却为廊庙需。
山鸟山花同问讯，
谁留智者晚归西？

---

① 《刘因诗词曲选》：刘因（1249—1293），字梦吉，号静修，元代著名诗人。其诗隐晦曲折，寓意深远。本书选诗词曲44首。

[七十三]

《马致远传》读后[①]

瘦马西风枉自哀，
不悲命蹇怨时乖。
蜂衙偏废佐国手，
蚁阵窒息济世胎。
身隐梨园野史记，
心藏戏曲后人猜。
人生如戏外如内，
坠地呱呱锣鼓开。

---

① 《马致远传》：马致远（约1250—1321至1324年间），字千里，号东篱，是元代散曲大家，有“曲状元”之称，因《天净沙·秋思》而被称为“秋思之祖”。在中国戏剧史上，马致远是第一个以文人为描写对象的剧作家。他的作品，落笔于生活的坎坷、仕进的艰辛，把一个时代的政治灾难内化为文人心理上的苦闷。一首“枯藤老树昏鸦”千古传唱，但人们很难从史料中寻觅到马致远的踪迹。作者陈计中力图根据传主的词曲、小令、散曲、戏曲作品及其他方面的历史、文学知识，来还原当时的历史风貌、历史环境和人物，乃至传主的生活经历和情感经历。

[七十四]

《张养浩散曲选》读后[1]

兽舞朝堂仕路艰，
儒心自养抑腥膻。
续接文脉推科举，
抚救黎民涉罪冤。
明月催诗情自畅，
白云伴睡梦方安。
磨诗灌酒归家隐，
七聘方出不为官。

① 《张养浩散曲选》：张养浩（1270—1329），字希孟，号云庄，又称齐东野人，元代著名散曲作家，与张可久合为“二张”。本书选散曲 15 首。

［七十五］

《张可久散曲选》读后[1]

风尘小吏苦奔波，
身转无门心遁脱。
水畔山间息苦旅，
诗魔酒病载长车。
儒生蛮世蹉跎命，
曲入史书雅正歌。
勘破余生松鹤好，
白云高枕梦南柯。

① 《张可久散曲选》：张可久（约1270—约1350），字小山（一说名伯远，字可久，号小山），元代最多产散曲大家，有“词林之宗匠”之称，与乔吉并称“双壁”，与张养浩合为“二张”，是元曲的集大成者之一，在世时便享有盛誉。本书选散曲45首。

[七十六]

《萨都剌诗词选》读后[①]

奔波南北宦情灰，
眼见流离心刺锥。
欲救黎民操大柄，
却沉僚属走旁扉。
模山范水诗流丽，
怀古伤今词郁悲。
万事拜托天理顺，
蹇驴破帽对斜晖。

① 《萨都剌诗词选》：萨都剌（约1272—1355），字天锡，号直斋。元代著名诗人。其诗流丽清婉，音律铿然。本书选诗词170余首。

［七十七］

《乔吉散曲选》读后①

蛮族治世用弯刀，
笔管废闲瓦舍抛。
鸟鼠当衙径草满，
英才闹酒戏台高。
批风抹月身无悔，
尽性恣情心有骄。
数曲宫商才用尽，
留名后世奏笛箫。

① 《乔吉散曲选》：乔吉（约1280—约1345），一称乔吉甫，字梦符，号笙鹤翁，又号惺惺道人。元代后期散曲作家的代表人物，与张可人并称“乔张”。本书选散曲115首。

［七十八］

《王冕〈竹斋集〉》读后[①]

狂客移家入远林，
植梅画骨自长吟。
墨香嘲笑羊膻气，
花瓣鄙夷马脚痕。
镜里白头空费酒，
床边锈剑满蒙尘。
读书万卷成何益？
万里江山不用人。

---

① 《王冕〈竹斋集〉》：王冕（约1300—1359），字元章，号煮石山农，亦号“食中翁”“梅花屋主”等，元朝著名诗人。因他的书斋叫“竹斋”，时人又称他为王竹斋或竹斋先生。作品集为《竹斋诗集》。

[七十九]

《高启诗选》读后[1]

天下好诗唐写尽，
流风至宋仅余情。
元末明初高启才，
不过耕牛反刍精。
可怜乱世飘零客，
归卧田园梦亦惊。
孤鹤妄逃罗网外，
恐惧敲竹秋雨声。
不幸遭遇雄猜主，
世上难容瓦缶鸣。
微才不供君驱使，
终染荒坟野草红[2]。

---

① 《高启诗选》：高启（1336—1374），为明初著名诗人，与杨基、张羽、徐贲合称“吴中四杰”。其诗雄健有力，富有才情，开始改变元末以来缛丽的诗风。本书选诗338首。

② 明初，高启应召赴南京参与修撰《元史》，后任翰林院编修。不久授户部侍郎，他坚辞不受，仍归元末时的隐居地青丘，以教书治田自给。朱元璋认为他不肯与新朝合作，借口他在为苏州知府魏观写“上梁文”中“龙盘虎踞”句有反心，腰斩于南京城。高启临刑在途，吟哦不绝，有“枫桥北望草斑斑，十去行人九不还”“自知清彻原无愧，盍请长江鉴此心”之句。据传说是朱元璋亲自监斩。高启被腰斩后并未死去，而是用手蘸自己的血连写三个“惨”字。自此后朱元璋夜夜做噩梦，不久就一命呜呼了！

[八十]

《于谦诗选》读后[1]

先谋国事后谋君，
千古高悬日月心。
洒血难息窝里斗，
抛家能挡外族侵。
石灰碎骨求白色，
煤炭出林暖众身。
专制不除天地暗，
史辙遥看泪沾襟。

① 《于谦诗选》：于谦（1398—1457），字廷益，号节庵，明代著名诗人。本书选诗22首。

［八十一］

《李东阳诗集》读后①

立世凭文赖笔支，
编书草诏解愚痴。
高官自有雍容度，
重宇能出富贵诗。
雅趣闲闲生巧宦，
声名稳稳掩拙思。
伴食豺虎犹行善，
百忍成功堪作师。

① 《李东阳诗集》：李东阳（1447—1516），字宾之，号西涯，明代著名诗人。茶陵诗派代表人物，上承台阁体，下启前后七子。本书选诗336首。

[八十二]

《唐伯虎集》读后[①]

风流才子史留名，
土木形骸冰雪情。
笑舞狂歌遮落寞，
贪花纵酒显独行。
无钱便写青山卖，
有品不随紫蟒同。
谁料后人学用反，
文虫失道遁词盈。

---

① 《唐伯虎集》：唐寅（1470—1523）字伯虎，又字子畏，号六如居士、桃花庵主、鲁国唐生、逃禅仙吏等。明代著名诗人，与祝允明、文征明、徐祯卿称“吴中四才子”。本书选诗170首、词9首。

［八十三］

《文征明诗词选》读后①

功延文脉史痕深，
走笔九旬寿更尊。
七跃龙门空奋翼，
三辞金殿志归真。
野老悠游凭字画，
残碑漶漫辨臣君。
水丰草美江南岸，
麋鹿依稀隐现身。

① 《文征明诗词选》：文征明（1470—1559），原名壁（或作璧），字征明，号衡山居士，世称“文衡山”，明代著名诗人。诗、文、书、画无一不精，人称“四绝”全才。

[八十四]

《李攀龙诗选》读后[1]

国势倾颓宦路危，
进身涉险退心卑。
裁诗衙署文名炽，
隐迹湖山人望飞。
傲吏拂衣东避野，
狂生破臼古寻规。
解忧终赖杯中物，
雪后登楼天际灰。

---

① 《李攀龙诗选》：李攀龙（1514—1570）字于鳞，号沧溟，明代著名诗人。继“前七子”之后，与谢榛、王世贞等倡导文学复古运动，为“后七子”的领袖人物，被尊为“宗工巨匠”。本书选诗 241 首。

[八十五]

《袁宏道诗选》读后[①]

风雅书生浊世行，
彷徨无地暮途穷。
进出官场浑无趣，
留恋自然却有情。
诗主性灵脱格套，
佛习禅净摄空明。
江南春草年年绿，
时见飞莺鸣短亭。

① 《袁宏道诗选》：袁宏道（1568—1610）字中郎，又字无学，号石公，又号六休，明代诗人，是时号“三袁”的“公安派”成就最高者。本书选诗87首。

[八十六]

《钱谦益诗选》读后[1]

千夫共指大节亏，
谁解牧斋遭遇悲？
朝在三贬国难报，
君亡两变名易隳。
惜身不理红颜劝[2]，
投笔欲扶宗庙摧。
可怜江南梅花好，
偏向遗民泪眼飞。

---

① 《钱谦益诗选》：钱谦益（1582—1664），清初诗坛盟主之一。他学杜甫、元好问诗以树骨力，学苏轼、陆游诗以行气机，学李商隐、韩偓诗以运用辞藻与比兴，加上他才学兼资，藻思洋溢，往往写成庞大的组诗。明亡后的诗篇，寄寓沧桑身世之感，哀感顽艳与激楚苍凉合而为一，尤有特色。本书选诗196首。

② 崇祯十四年（1641年），59岁的钱谦益迎娶23岁的名妓柳如是，致非议四起。钱后任南明朱由崧弘光朝廷礼部尚书，当清兵兵临城下时，柳如是劝钱与其一起投水殉国，钱沉思无语，最后说：“水太冷，不能下”。柳如是“奋身欲沉池水中”，却被钱谦益拉住。

[八十七]

《陈子龙诗词选》读后[1]

谁逼才子作英雄？
一曲悲歌陈子龙。
闺怨春思随梦逝，
刀光烽火映帘红。
苍凉诗调节操气，
宛丽词风文士情。
万里江山常易主，
人心不改死方荣。

---

① 《陈子龙诗词选》：陈子龙（1608—1647），初名介，后改名子龙；初字人中，后改字卧子，又字懋中；晚号大樽、海士、铁符、於陵孟公等。明末著名诗人词人，有“明诗殿军”和“明代词人之冠”之称。本书选诗31首、词5首。

[八十八]

《吴伟业诗选》读后①

易色江山不易心，
彷徨无地寄余身。
长诗满浸遗民泪，
短句常湿士子襟。
国恨浅藏伤故垒，
旧情深隐吊前勋。
身心割裂怜遭际，
路向荒寒日向昏。

① 《吴伟业诗选》：吴伟业（1609—1672）字骏公，号梅村，别署鹿樵生、灌隐主人、大云道人，明末清初著名诗人，与钱谦益、龚鼎孳并称“江左三大家”，创作的七言歌行被后人称为“梅村体”。本书选诗 29 首。

［八十九］

《张煌言诗词选》读后①

孤臣铁骨碎如烟，
万里山河改地天。
能舍头颅祭旧土，
不惜颈血洗腥膻。
战旗拭泪亡国恨，
烽火炼诗就义篇。
诗在英雄魂魄在，
西湖碧水跃光斑。

① 《张煌言诗词选》：张煌言（1620—1664），字玄著，号苍水，南明诗人。与岳飞、于谦并称“西湖三杰”。本书选诗词15首。

［九十］

《屈大均诗词选》读后[1]

假披僧衲避新朝，
四海奔波欲阻挠。
只手孤忠扶既倒，
有心无力付号啕。
干云豪气挥诗剑，
漫地悲情立史矛。
热血丹心天下士，
书斋亦可作战壕。

① 《屈大均诗词选》：屈大均（1630—1696），初名邵龙，又名邵隆，号非池，字骚余，又字翁山、介子，号菜圃，清初著名诗人，“翁山诗派”开创者，与陈恭尹、梁佩兰称“岭南三大家”。本书选诗词20首。

［九十一］

《朱彝尊诗词选》读后①

老赖文名褪布衣，
隆恩盛宠一时稀。
诗通经史当朝用，
词媚人心后世需。
游历四方归帝阙，
学吞万卷固文基。
续延典雅江南脉，
月小山高眉黛低。

① 《朱彝尊诗词选》：朱彝尊（1629—1709），字锡鬯（chàng），号竹垞，又号驱芳，晚号小长芦钓鱼师，又号金风亭长，清代著名诗人词人。诗与王士禛称“南朱北王”；词与陈维崧并称“朱陈”，为浙西词派创始者。本书选诗词205首。

［九十二］

《夏完淳诗词曲赋》读后[①]

一掷头颅天地间，
少年热血化诗篇。
往来今古英魂远，
萦绕山河正气宽。
情切忍收妻母泪，
才奇义殉汉国棺。
诗传永世人恒在，
傲立云头笑大千。

① 《夏完淳诗词曲赋》：夏完淳（1631—1647）字存古，号小隐、灵首，乳名端哥，明亡之取别名为“复”，南明著名诗人。本书收诗词曲赋共62首。

［九十三］

《王士祯诗词选》读后①

作诗不比论诗精，
神韵拈出别趣生。
秋柳飘摇招士子，
秦淮潋艳荡国卿。
官高虽助文名重，
诗淡却留史迹轻。
后世不能传众口，
当时唱和尽随风。

① 《王士祯诗词选》：王士祯（1634—1711），原名王士禛，字子真，一字贻上、豫孙，号阮亭，又号渔洋山人，人称王渔洋，清初著名诗人，为一代宗师。本书选诗词28首。

[九十四]

《查慎行诗选》读后[①]

一方领袖踞诗坛，
检点平生亦可怜。
行慎难逃文网密，
悔余改写野花妍。
江南塞北河山好，
素手白描色彩斓。
梦里烟波无觅处，
古籍堆上钓清闲。

---

① 《查慎行诗选》：查慎行（1650—1727）初名嗣琏，字夏重，号查田；后改名慎行，字悔余，号他山，赐号烟波钓徒，晚年居于初白庵，所以又称查初白，清代诗人，一度为东南诗坛领袖。本书选诗词24首。

［九十五］

《纳兰性德集》读后[①]

多情公子断肠时，
写尽人间哀艳词。
惆怅东风吹落絮，
悲凄荷叶立寒池。
上流虽是出身定，
高贵却因人品值。
伤感人生终不久，
命随春雨润顽石。

① 《纳兰性德集》：纳兰性德（1655—1685），叶赫那拉氏，字容若，号饮水、楞伽山人，清朝著名词人，与朱彝尊、陈维崧并称“清词三大家”，有“清朝第一词人”之誉。本书共辑诗词185首。

[九十六]

《郑板桥集》读后[1]

一官来去芥尘微，
遗史三绝星斗辉。
画雅书奇诗率性，
兰香石傲竹寄圭。
莫言盛世文人幸，
谁解江湖怪客悲？
济世才德无用处，
写竹换酒醉余晖。

---

① 《郑板桥集》：郑板桥（1693—1765），原名燮，字克柔，号理庵，又号板桥，人称板桥先生。清代诗、书、画“三绝”大家。本书选诗127首、词25首。

[九十七]

《曹雪芹〈红楼诗〉》读后①

锦心妙手著绝伦，
百代风骚绝后尘。
雕字如活跃众鲤，
塑人若见近芳邻。
似无实有悲身世，
借假写真铸笔魂。
寂寞诗坛知己少，
隔空酬唱我沉吟。

① 曹雪芹（约1715—约1763），名沾，字梦阮，号雪芹，清代伟大文学家。其诗立意新奇，风格多样，众体兼备，多存于《红楼梦》中。

[九十八]

《袁枚诗选》读后[①]

当世风流后世红，
诗文享乐两功成。
自逐身避文人厄，
市隐心安狐鬼鸣。
大匠不出闲大木，
文罗密布养文虫。
江山褪色人文始，
举世昏昏醉太平。

① 《袁枚诗选》：袁枚（1716—1797），字子才，号简斋，晚年自号仓山居士、随园主人、随园老人，清代中叶最有影响的诗人，与赵翼、蒋士铨合称为“乾隆三大家”。本书选诗101首。

［九十九］

《赵翼诗选》读后①

仗才用世志非低，
金殿茅屋不可期。
草奏千章积废纸，
著书百卷固国基。
文才难改文人命，
世路终因世势曲。
一代风骚瓯北领，
高标诗论后人揖。

---

① 《赵翼诗选》：赵翼（1727—1814）字云崧，一字耘崧，号瓯北，又号裘萼，晚号三半老人，清代著名诗人。本书选诗 10 首。

[一百]

《黄景仁诗选》读后[1]

空逢盛世苦奔波，
投遇无门贫病多。
雪夜离家枯泪眼，
荒山羁旅落尘钵。
书生无用人人叹，
杯酒有情日日喝。
赖与诗魔结伴侣，
汗青垒处做文窠。

---

① 《黄景仁诗选》：黄景仁（1749—1783），字汉镛，一字仲则，号鹿菲子，清代诗人，为“毗陵七子”之一。本书选诗 71 首。

［百一］

《龚自珍诗词选》读后①

掩卷犹思龚子悲，
生逢衰世心死灰。
忧国徒唤天才降，
愤世奈何堂燕飞。
少年击剑吹箫去，
晚岁读经携妓归。
荒山日暮寒鸦起，
落红点染杞人碑。

① 《龚自珍诗词选》：龚自珍（1792—1841），清代思想家、文学家及改良主义的先驱者。其诗词情感丰沛，思想深邃，清壮瑰奇，犀利辛辣，主张“更法”“改图”，被柳亚子誉为“三百年来第一流”。本书选诗121首、词16首。

[百二]

《黄遵宪诗选》读后①

仗笔环游亚美欧，
诗开新派海生洲。
倾心宪政推国盛，
拭泪神州遭豆剖。
长策反成屠龙悔，
热血全被唾壶收。
世人谁解先知苦？
立尽夕阳怅晚秋。

---

① 《黄遵宪诗选》：黄遵宪（1848—1905），晚清诗人，外交家、政治家、教育家。其诗在广泛吸取前人成就的基础上，以“旧风格含新意境”为追求目标，突破古诗的传统天地，形成了足以自立、独具特色的“新派诗”，成为“诗界革命”的巨匠和旗帜。本书选诗114首。

[百三]

《秋瑾诗文选注》读后①

头颅一掷醒万痴，
血迹斑斑尽化诗。
自号英雌中外震，
公评烈士古今知。
诗因人品添传诵，
人借诗名起念思。
美雨欧风今又是，
天涯何处觅芳姿？

① 《秋瑾诗文选注》：秋瑾（1877—1907），原名秋闺瑾，字璿卿，又字竞雄；号旦吾，又号鉴湖女侠，近代杰出女诗人。本书精选了她在不同历史时期和人生阶段的诗、词、文、歌、弹词等作品，并予以精要注释，表现出作者斗志昂扬的革命豪情和别具一格的才情旨趣。

[百四]

《鲁迅诗文名篇》读后[①]

救世从文赤子心，
横眉冷对夜深深。
投枪直向国民性，
究恶深挖文化根。
刀阵觅诗风骨硬，
黑屋呐喊见识真。
雄鸡未唱魂难死，
时化惊雷震古今。

---

① 《鲁迅诗文名篇》：鲁迅（1881—1936），原姓周，幼名樟寿，字豫山，后改为豫才。1898 年起，改名树人。鲁迅是他 1918 年发表《狂人日记》时开始使用的笔名，近现代伟大文学家，现代文学奠基人。本书选编了鲁迅旧体诗歌和新诗共 70 余首，选入各类散文，包括散文诗、回忆散文、杂文、序跋、书信、日记等 90 余篇。

[百五]

《苏曼殊精品集》读后[①]

出世文人入世僧，
诗国佛界两不空。
多情成病钵盛泪，
激愤宣言笔撞钟。
末世难容情种寿，
诗僧反举性灵轻。
日出东海红霞起，
明灭波光似落樱。

① 《苏曼殊精品集》：苏曼殊（1884—1918），原名戬，字子谷，学名元瑛（亦作玄瑛），法名博经，法号曼殊，笔名印禅、苏湜。他一生多才多艺，在诗、文、小说、绘画等多个领域取得巨大成就，尤其以诗的影响最大，故有“诗僧”之称。他以其所处时代的道德、哲学等观念为创作基础，通过融合中外浪漫主义精神所形成的凄绝清婉、直抒性情和透脱自然的新诗风格自成一体，成为矗立在五四浪漫主义潮流中的一座丰碑。本书收集了他的主要诗歌、小说、书信、译作等作品。

［百六］

《柳亚子诗词选》读后①

乱世谋国聚笔镞，
诗交领袖志踌躇。
两行青史诗词墨，
一枕黄粱宪政图。
肠断牢骚终寂寞，
字成歌颂已模糊。
东风吹皱春江水，
隔代谁识柳亚卢？

---

① 《柳亚子诗词选》：柳亚子（1887—1958），名慰高，字安如，后改名人权，字亚卢；又改名弃疾，字亚子，近现代诗人，南社发起人。本书选诗词 89 首。

［百七］

《毛泽东诗词选》读后①

风雷雨电入毛词，
天地苍茫无尽时。
举酒太白邀对饮，
挥鞭魏武欲同驰。
五洲毁誉英雄主，
百代公推文气实。
试问后来弄笔者，
几人无愧立砚池？

① 《毛泽东诗词选》：毛泽东（1893—1976），字润之，当代伟大诗人、词人，中国历史上最后一位古典诗词大家。本书选诗词37首。

读文

[一]

再读《历代名篇选读》

纵览名篇悟史玄，
武攻文卫五千年。
蛮刀霸殿终输笔，
梵叶传经亦化禅。
欧理断身魂再续，
美资蚀本命枯残。
国人且拭忧天泪，
文佑中华渡厄澜。

[二]

《三国演义》《红楼梦》读后

三国红楼梦一朝，
暖风吹散战马萧。
血干泪尽坚城废，
花谢鸟飞秋日高。
流水磨瘦英雄腕，
晚霞堆肥美人腰。
桑田沧海犹变换，
哪个能敌岁月刀？

［三］

读《红楼新境》悼周汝昌先生

周老研红已入魔，
春秋读法解谜格。
苦心揉碎假存语，
痴意描出真隐辙。
人是春花开有尽，
书为秋月亮非磨。
雪芹转世见周著，
喜泣悲啼泪满河。

[四]

再读《三国演义》[①]

宏谋伟略各施张，
文鼓唇舌武弄枪。
岂顾河山焚战火，
谁怜百姓死寒荒。
是非似赖官书定，
功罪实由众口彰。
风雨千年今又是，
兆民捧酒谢长江！

① 《三国演义》，全名《三国志通俗演义》，作者罗贯中。中国四大名著之一，是历史演义小说的经典之作。《三国演义》是中国第一部长篇章回体历史演义的小说，以描写战争为主，反映了魏、蜀、吴三个政治集团之间的政治和军事斗争，大致分为黄巾之乱、董卓之乱、群雄逐鹿、三国鼎立、三国归晋五大部分。在广阔的背景下，上演了一幕幕波澜起伏、气势磅礴的战争场面，成功刻画了近五百个人物形象，其中曹操、刘备、孙权、诸葛亮、周瑜、关羽、张飞等人物形象脍炙人口，不以敌我叙述方式对待各方的历史描述，对后世产生了极其深远的影响。

[五]

再读《红楼梦》[1]

重览遗石旧字痕，
度劫历世等闲身。
穷通贱贵中别外，
世态人情古亦今。
权势至今论无有，
爱情自古讲假真。
客过千村梦未醒，
迷者依旧笑痴人。

---

① 《红楼梦》：中国古典四大名著之首，清代作家曹雪芹创作的章回体长篇小说，又名《石头记》《金玉缘》。《红楼梦》是一部具有世界影响力的人情小说，举世公认的中国古典小说巅峰之作，中国封建社会的百科全书，传统文化的集大成者。小说以贾、史、王、薛四大家族的兴衰为背景，以贾府的家庭琐事、闺阁闲情为脉络，以贾宝玉、林黛玉、薛宝钗的爱情婚姻故事为主线，刻画了以贾宝玉和金陵十二钗为中心的人性真和悲剧美。

［六］

再读《水浒传》[①]

谁逼好汉上梁山？
愚者从来骂众官。
厚脸贪夫执玉笏，
黑心庸伍跨金鞍。
官服本是皇家售，
民命终为君主餐。
举火烧天焚帝制，
方逃鱼肉任切剜。

①《水浒传》，是中国四大名著之一，作者施耐庵。全书描写北宋末年以宋江为首的108位好汉在梁山聚义，以及聚义之后接受招安、四处征战的故事。《水浒传》是中国历史上最早用白话文写成的章回小说之一，版本众多，流传极广，脍炙人口，对中国叙事文学有极其深远的影响。

［七］

再读《西游记》[1]

万里西行磨难多，
全凭信仰渡劫波。
妖魔逞恶神仙养，
鬼怪扬尘意马拖。
劫难行来知闹剧，
真经阅后辨邪说。
得经方解经无用，
佛在人心自放歌。

① 《西游记》是中国古代第一部浪漫主义长篇神魔小说，作者吴承恩。该书以“唐僧取经”这一历史事件为蓝本，通过作者的艺术加工，深刻地描绘了当时的社会现实。主要描写了孙悟空出世，后遇见了唐僧、猪八戒和沙和尚三人，一路降妖伏魔，保护唐僧西行取经，经历了九九八十一难，终于到达西天见到如来佛祖，最终五圣成真的故事。

［八］

《悲惨世界》读后[①]

掩卷寻巾拭泪痕，
好书似水洗灵魂。
潜移恶念阳光入，
默化善行上帝临。
爱救人心赎自我，
恕行世界利生民。
谁播欧陆人文雨？
华夏春飞五彩云。

① 《悲惨世界》：作者为法国大作家维克多·雨果，发表于1862年。为19世纪最著名小说之一。为了这部书，雨果前后构思了40年，到晚年才完成。他自称这是“一部宗教作品”。故事主线围绕主人公获释罪犯冉·阿让（Jean Valjean）试图赎罪历程，融进法国历史、建筑、政治、道德、哲学、法律、正义、宗教信仰等丰富内容。故事情节错综复杂，设计巧妙，跌宕起伏。雨果力图表现严刑峻法只能使人更加邪恶，应根据人道主义精神用道德感化的方法处理，他借主人公之口说道“最高的法律是良心”。他写道：“将来人们会把犯罪看作一种疾病，由一批特殊的医生来医治这种病。医院将取代监狱。”

[九]

《红与黑》读后[①]

贵胄殷红草根黑，
千年博弈无是非。
得国得意封神圣，
失土失魂认贱微。
污血下流当宝卖，
轻尘上跃赖风吹。
抛书休骂世无道，
今古西东共一堆。

① 《红与黑》：法国作家司汤达创作的长篇小说。作品讲述主人公于连是小业主的儿子，凭着聪明才智，在当地市长家当家庭教师时与市长夫人勾搭成奸，事情败露后逃离市长家，进了神学院。经神学院院长举荐，到巴黎给极端保王党中坚人物拉莫尔侯爵当私人秘书，很快得到侯爵的赏识和重用。与此同时，于连又与侯爵的女儿有了私情。最后在教会的策划下，市长夫人被逼写了一封告密信揭发他，使他的飞黄腾达毁于一旦。他在气愤之下，开枪击伤市长夫人，被判处死刑，上了断头台。《红与黑》开创了后世"意识流小说""心理小说"的先河。人们因此称司汤达为"现代小说之父"。

读史

[一]

《草原帝国》读后①

马跃人嘶架强弓，
来如骤雨去似风。
铁蹄践踏烟花地，
皮袋掠挟翡翠宫。
草原依旧长天在，
胡帝灰飞大帐空。
蛮力岂能续国脉？
狼图终被史尘封。

---

① 《草原帝国》：法国历史学家、研究中亚史的学界泰斗勒内·格鲁塞（1885—1952）的中亚通史著作（蓝琪译）。书中将活跃于欧亚草原（包括东欧草原、俄罗斯草原、西亚草原、中亚草原和北亚草原，指西起多瑙河、东达贝加尔湖、北起西伯利亚、南到巴基斯坦的广大地区）的匈奴、鲜卑、突厥、蒙古等民族合并为一个草原帝国进行研究。本书从上古匈奴人开始，以成吉思汗时期为重点，描述了新石器时代到清朝吞并喀什噶尔、新疆被纳入中国版图为止无数征服者的历史，描绘了基督教文明、伊斯兰文明、印度文明和中华文明互动的历史画卷。《草原帝国》是世界史学界公认的关于欧亚大陆游牧民族三千年历史的经典史著。

[二]

《耶路撒冷三千年》读后[1]

三教叠兴一弹丸，
造神成圣数千年。
黄金黑墓埋瘠土，
直剑弯刀转磨盘。
主在天堂谁目睹？
魔生心底众耳传。
几多人欲妆神意，
战火于今熄未完。

---

① 《耶路撒冷三千年》：耶路撒冷曾被视为世界的中心，是基督教、犹太教和伊斯兰教三大宗教的圣地，是文明冲突的战略要冲，是让世人魂牵梦绕的去处，是惑人的阴谋与虚构的网络传说和二十四小时新闻发生的地方。作者西蒙·蒙蒂菲奥里依年代顺序，以三大宗教围绕“圣城”的角逐，以几大家族的兴衰更迭为主线，生动讲述了耶路撒冷的前世今生。以客观、中立的角度，透过士兵与先知、诗人与国王、农民与音乐家的生活，以及创造耶路撒冷的家族来呈现这座城市的三千年瑰丽历史，还原真实的耶路撒冷。

〔三〕

《大秦帝国》读后①

苛政难撑伟业煌，
承传万世本黄粱。
兵俑成阵人心散，
黔首揭竿秦帝降。
立法缺善国难治，
行政贪功君必亡。
黄河流过几千载，
浊浪依然骂始皇。

① 《大秦帝国》：历史小说，作者孙皓晖。全书6部11卷504万字，依顺序为《黑色裂变》《国命纵横》《金戈铁马》《阳谋春秋》《铁血文明》《帝国烽烟》，讲述战国时代的秦国经变法而由弱转强，东出与六国争霸进而统一天下，以及最后走向灭亡的过程，是一部以秦国为主要视点来展现战国时代波澜壮阔的史诗。

［四］

《贞观政要》读后[①]

（一）

救焚拯溺赖明君，
千载流言造祸根。
才见略失民主地，
却闻尽丧自由身。
电光一闪贞观政，
云墨万重帝主心。
治乱循环成死律，
史河流转放哀音。

（二）

绝后空前人治巅，
任谁敢比太宗肩。
一人德智脉无续，

① 《贞观政要》是唐代史学家吴兢所著的一部政论性史书。全书十卷四十篇，分类编辑了唐太宗在位的二十三年中，与魏征、房玄龄、杜如晦等大臣的问答，以及皇帝的诏书、大臣的谏议奏疏等，内容广泛，涉及政治、经济、军事、文化、社会、思想、生活等方方面面，尤以讨论君臣关系、君民关系、求谏纳谏、任贤使能、恭俭节用、居安思危为其重点。它是中国开明封建统治的战略和策略、理论和实践的集大成。

百代昏庸版有翻。
经世赖人人似水，
济民靠法法如山。
脱胎换骨医国病，
再辟中华新地天。

[五]

《包公传》读后[①]

何由众口颂清官？
仁者居朝百姓安。
直道谋身竹节劲[②]，
精诚化物藕丝迁[③]。
为官朽木花千朵，
食禄兽禽舞万端。

---

① 包拯（999—1062），汉族，宋庐州合肥人。天圣朝进士。累迁监察御史，历任三司户部判官，京东、陕西、河北路转运使。入朝担任三司户部副使。改知谏院。授龙图阁直学士、河北都转运使，移知瀛、扬诸州，再召入朝，历权知开封府、权御史中丞、三司使等职。嘉裕六年（1061 年），任枢密副使。后卒于位，谥号“孝肃”。包公为官清廉、言行一致、不畏权贵、刚正不阿的形象深入人心，特别是他疾恶如仇、执法无私、为民请命的精神，千百年来更获得无数民众的好感和钦佩，成为受到老百姓敬仰、崇拜的少数几个大清官之一，有“包青天”的美誉。早在北宋时期，包拯就已是一个家喻户晓的名臣，包公的故事开始在民间流传，后又通过各种文学形式，如话本、小说、戏曲等，加进了各种神怪和奇案的元素，在民间流传越来越广，历上千年而不衰，包公也因此成为一个无所不能的神奇人物，直到今天仍然深受人民喜爱。

② 包拯平生唯一的一首五律诗：“清心为治本，直道是身谋。秀干终成栋，精钢不作钩。仓充鼠雀喜，草尽狐兔愁。史册有遗训，无贻来者羞。”

③ 包公墓园楹联：“执法如山试看河鱼颜似铁，爱民若子喜叫池藕断无丝。”

廊庙难寻包公影，

天罡地煞反梁山。

［六］

《苏东坡传》《和珅传》读后

且察历代官场情，
奴性才学论输赢。
苏轼昂头谪岭外，
和珅俯首踞皇城。
奴为智盛能攀附，
才乃德缺任纵横。
奴体才用谁不惯？
屈子呼之水下逢。

［七］

《朱元璋传》读后①

逐鹿群雄人散后，
布衣卸去裹龙袍。
屠功废相雄猜主，
兴狱罪文衰落桥。
东土闭门织羁绊，
西欧航海起帆锚。
杀人盈野盈朝罪，
不抵锁国逆世潮。

① 《朱元璋传》：作者是吴晗。在他笔下，一个历经艰辛磨难，乞讨度日的小流氓和英勇睿智、气度恢宏的统帅形象；一个勤政爱民、夙兴夜寐又猜忌心极重，杀戮成性的矛盾复杂多面的帝王形象活灵活现。本书是明史及帝王传记的不朽名著。

［八］

《大明亡国史——崇祯皇帝传》读后[1]

煤山明主挂高枝，
天怒寡德人共嗤。
民苦加征掀暴乱，
官伤苛刻剩猾痴。
推责否认亡国主，
诿过难埋决策失。
弃旧已昭兴替道，
春槐曲颈吐新丝。

---

① 《大明亡国史——崇祯皇帝传》：作者苗棣讲述了明崇祯帝朱由检作为一个最高统治者，既自作聪明、自以为是，又固执多疑、刻毒残酷，个人性格的这些缺陷被至高无上的皇权无限放大，反过来又导致大明王朝更迅速地走向灭亡。

［九］

《庸人治国——大太监魏忠贤与明帝国的末路》读后[1]

人情喜顺独裁恶，
君主昏昏靠佞才。
骨骾常为龙鳞逆，
肠曲反把御床抬。
莫言蠹蛀伤国本，
须诊江山隐恶癌。
专制自寻归葬地，
自掘坟墓众人埋。

① 《庸人治国——大太监魏忠贤与明帝国的末路》：作者苗棣。本书讲述了出身卑微的大太监魏忠贤如何一步步登上高位，阉党是如何构成的，庸愚的魏忠贤及其党羽如何通过专权将大明王朝推下了历史的悬崖等一系列问题。本书内容深入浅出，生动描述出了“忠仆”之忠和“忠臣”之忠的差异，为读者深入了解大明王朝历史开启了一扇方便之门。

［十］

《曾国藩》读后[1]

功赫德全言不朽，
谁持愚论惑当今？
时潮民意终为尺，
圣相元凶一辨真。
世道坏完空裨补，
人心失尽枉疲奔。
湘江北去推潮浪，
嗤笑朽屋陪葬身。

---

① 《曾国藩》，长篇历史小说，唐浩明著，分为《血祭》《野焚》《黑雨》三卷。本书以丰富的历史及人物史料为基础，在广阔的晚清历史背景上刻画了曾国藩这一晚清重臣和文化名士的历史形象。

[十一]

《李鸿章传》读后[①]

(一)

内哄妇孺外忍凶，
贤能不过和泥功。
山河破碎糊约纸，
黎庶啼号斥道听。
欲逆时潮潮卷尽，
图谋私利利流空。
国事多被平庸误，
反以重臣入汗青。

(二)

正史已成朽矢坑，
重习至论念鲁翁。
长嘘掩卷批国蠹，
不虑披缁撞寺钟。
曾记仰天呼净水，

① 《李鸿章传》：20世纪著名传记之一，作者梁启超称“此书全仿西人传记之体，载述李鸿章一生行事，而加以论断，使后之读者知其为人。”

终识立宪造清风，
万民天下万民主，
扫荡百年蝇狗声。

［十二］

《旧制度与大革命》读后①

反观革命有根由，
旧制自吹民怨流。
官弄公权狮乱舞，
资欺人世鳄横游。
权钱语暴胡博弈，
进退转停未定筹。
唯顺时潮寻救策，
公平正义早绸缪。

① 《旧制度与大革命》：作者为法国历史学家托克维尔（1805—1859）。本书是关于法国大革命的经典著作。作者尽力以不偏不倚的态度、严肃的社会学分析方法以及对史料文献的调查，对旧制度之下的社会和大革命进行客观的描述和分析；通过将法国与美国、英国、德国进行比较，更深刻地提示了大革命爆发的原因，提出了许多关于革命的新观点。原著出版于1856年。

［十三］

《帝国海关》读后[①]

客驭西风叩旧阍，
颟顸户主色骄矜。
拒推商贾揖强盗，
违迕时潮咽丧音。
金钥排排交碧眼，
白约道道缚黄身。
方知专制全辜负：
百岁山河天下心。

① 《帝国海关》：作者吴煮冰。本书讲述了从1840年到民国时期的海关历史故事，从海关的角度反映中国从晚清到民国的沧桑巨变。书中从鸦片战争写起，以整个中国的社会发展为大背景，用生动的文学语言记述了近代中国海关参与政治、经济、军事、外交和文化变革的历史过程，客观地叙述了海关在近代中国历史进程中所发挥的独特作用和重大影响。

[十四]

《镜里看中国：从鸦片战争到毛泽东时代的驻华外国记者》读后[①]

西风浩荡扫东土，
若鹜旁人论短长。
笔助商资开锈锁，
身凭舰炮越高墙。
听风唤雨神州里，
插手陷足名利旁。
回首百年天地换，
睡狮跃起谢群狼！

① 《镜里看中国：从鸦片战争到毛泽东时代的驻华外国记者》：作者保罗·法兰奇在中国生活了二十年，是中国问题分析师和评论家。

[十五]

《1911》读后[1]

时潮浩荡卷尘灰，
帝制千年一夜摧。
懒政误国终害已，
勤争救世定留碑。
民权不立国难立，
宪政失威盗逞威。
谁料百年夕照里，
幽魂似鸟乱纷飞。

---

① 《1911》：作者王树增。继讲述19世纪末到20世纪初发生在中国极其悲壮的灾难岁月的《1901》之后，《1911》用激情澎湃和痛彻肺腑的语言描绘了中国百年前复杂而宏大的历史现场。书以历史事件为经、时代人物为纬，充分发挥非虚构类文学作品史料翔实、立论严谨的艺术特色，全面深刻地展示历史风云，探求历史大势，着力剖析历史曲折的根由原委，弘扬不屈不挠的民族精神，以纪念辛亥革命百年。

[十六]

《西行漫记（红星照耀中国）》读后[1]

读罢推窗望夜空，
黑云垂幕掩群星。
冷风刺面收珠泪，
旧事惊心撞警钟。
红星能点革命火，
黄土可培民主松。
危厦欲扶撑此木，
何劳雄主唱大风！

① 《西行漫记（红星照耀中国）》：作者为美国记者埃德加·斯诺。这是一部纪实性很强的报道性作品。作者真实记录了自1936年6月至10月在我国西北革命根据地（以延安为中心的陕甘宁边区）进行实地采访的所见所闻。该书绝大部分素材来自作者采访的第一手资料，向全世界真实报道了中国和中国工农红军以及毛泽东、周恩来、朱德、刘志丹、贺龙、彭德怀等红军领袖将领的情况和革命根据地政治、军事、经济、文化、生活各方面的真实情况。

[十七]

《南渡北归》读后①

南渡北归海外悬，
中华文脉险牵连。
仓皇辞庙遗臣泪，
匆促还都新鼎腐。
政客妆容花易落，
大师背影月常圆。
劫灰尽付黄河水，
河道弯曲水向前。

① 《南渡北归》：作者岳南。《南渡北归》三部曲全景描绘了抗日战争时期流亡西南的知识分子与民族精英多样的命运和学术追求，系首部全景再现中国最后一批大师群体命运剧烈变迁的史诗巨著。

［十八］

《历史的教训》读后①

芜杂史册垒重山，
迷误世人峰岭间。
踵迹行行绝嶂有，
披荆觅觅险河宽。
一书撑起朝天跃，
双目睁开向地观。
脉络分明夕照里，
识途老马转螺圈。

---

①《历史的教训》是美国著名学者、普利策奖获得者威尔·杜兰特及其夫人阿里尔·杜兰特的代表作。该书浓缩了11卷《世界文明史》的精华，通过提纲挈领的线条，勾勒出历史与人类生活各方面的关系，详细说明了地理条件、经济状况、种族优劣、人类本性、宗教活动、社会主义、政府、战争、道德、盛衰定律、生物进化等在历史中所扮演的角色，并总结出历史留给人们的巨大精神遗产。威尔·杜兰特（Will Durant，1885—1981），美国著名学者，终身哲学教授，普利策奖（1968年）和自由勋章（1977年）获得者。

［十九］

品读《历代咏史诗》[①]

长河史迹各参差，
骚客往观争咏之。
欲借古杯浇块垒，
妄期今主醒愚痴。
沉舟锈剑勤磨洗，
得势权王懒辨思。
见惯江山兴废后，
旧诗无奈化新诗。

---

① 《历代咏史诗》：咏史诗是我国古典诗歌宝库中别具特色的品种。它是作者以历史人物和历史事件为题材，抒写情怀、发表议论或借古喻今、借古讽今的诗篇。本书选编的咏史诗，上起东汉，下至近现代，共91位诗人的作品206首。

[二十]

学史有怀

淘金拣玉史河中，
寂寞时光去若风。
浮躁化云滴净水，
无聊沉土累奇峰。
赋闲不泄天人怨，
流落潜修平治功。
自信苍天终有眼，
知松厚重认竹轻。

读哲

[一]

《释迦牟尼传》读后

谁化佛陀救众生？
非无非有此时空。
践行平等超贵贱，
指引自由跨穷通。
人死千年佛不死，
法兴四海教方兴。
佛播一粒慈悲种，
从此人心福慧生。

[二]

《耶稣传》读后

自称圣子代父临，
赎罪舍身救世人。
爱帜高擎别旧教，
福音远送塑新魂。
牺牲方可成真圣，
超越自能胜假神。
后世渐宽十字路，
西风鼓荡卷红尘。

［三］

《苏格拉底传》读后

先哲平静仰毒杯，
捐弃肥躯若扫灰。
守法惜德不避死，
善思爱智反招非。
从来末世言成罪，
难耐牛虻口似锥。
雄辩能传真理远，
西天从此露熹微。

[四]

《金刚经》读后[①]

都市风尘碌碌中，
世情无奈阅金经。
埋头捋发着形苦，
瞑目思佛不住空。
月有圆缺情似月，
风无行止缘如风。
苍茫人海之何处？
且向灵山觅塔灯。

① 《金刚般若波罗蜜经》：大乘佛教般若系经典，姚秦鸠摩罗什译。般若，意为智慧；波罗蜜，意为到彼岸。以金刚比喻智慧之锐利、顽强、坚固，能断一切烦恼，故名。此经采用对话体形式，说一切世间事物空幻不实，实相者即是非相；主张认识离一切诸相而无所住，以般若智慧契证空性，破除一切名相，从而达到不执着于任何一物而体认诸法实相的境地。《金刚经》是中国禅宗所依据的重要经典之一。

［五］

《圆觉经》读后[1]

梦里非无梦醒无，
人生实幻枉疲途。
情深义重难逃网，
德厚才高反作驽。
幻幻相因空爱恨，
缘缘有定莫执除。
此心解悟圆觉后，
万丈浮尘一手拂。

① 《圆觉经》，佛教大乘经典，唐·罽宾沙门佛陀多罗译，具名《大方广圆觉修多罗了义经》，共有十二章，主要内容是释迦牟尼佛回答文殊菩萨、普贤菩萨、普眼菩萨、金刚藏菩萨、弥勒菩萨、清净慧菩萨、威德自在菩萨、辩音菩萨、净诸业障菩萨、普觉菩萨、圆觉菩萨和贤善首菩萨就有关修行菩萨道所提出的问题，以长行和偈颂形式宣说如来圆觉的妙理和方法。此经是唐、宋以来天台宗、贤首宗、禅宗等盛行讲习的经典。

[六]

《法华经》读后①

佛祖慈悲说法华，
众生渡苦遇浮槎。
人心垢重埋莲籽，
世路山高化城衙。
放下即登彼岸土，
解脱可赏此生霞。
人生如梦何唤醒？
贝叶风吹响无涯。

---

① 《妙法莲华经》：略称《法华经》。七卷二十八品。后秦鸠摩罗什译。释迦牟尼佛晚年在王舍城灵鹫山所说，为大乘佛教初期经典之一。全经所说教法甚深微妙，所以称为妙法。莲花是用来比喻稀有无上的妙法。妙法是本来清净的，如同入污泥而不染的莲花。又莲花是花与实同时俱有，因此以花果同时的莲花来譬喻妙法的因果不二。众生以迷为因，佛界以悟为果。佛界当中具有众生界，众生界当中具有佛界，因中有果，果中有因，生佛不二，因果同时，就像莲花的花果同时相似，因此以莲花喻妙法。在大乘佛法兴起的时代，有了以“声闻”“缘觉”为小乘、以“菩萨”为大乘的说法。《法华经》在这种背景下提出了“开权显实”“会三归一”的思想，融会三乘为一乘（佛乘）。以“声闻”“缘觉”二乘为方便（权）说，“二乘”终究要以成佛为最终目标（如“化城喻品”所说），开启了“回小向大”的门径，这是本经的主旨。《法华经》属于开权显实的圆融教法，大小无异，显密圆融，明示不分贫富贵贱、人人皆可成佛，被誉为“经中之王”。

[七]

《四十二章经》读后①

佛来东土第一经，
说破繁华归幻空。
慧剑修成割爱索，
定心筑就挡欲风。
情根锄尽烦忧尽，
妄念廓清险祸清。
可叹红尘熙攘客，
梵钟轰响几人听？

---

① 《佛说四十二章经》：相传汉明帝感梦遣使西行求法，使者在大月氏抄写了佛经四十二章。佛教史上常把《四十二章经》作为中国第一部汉译佛经。《四十二章经》由四十二段短小的佛经组成，内容主要是阐述早期佛教（小乘）的基本教义，重点是人生无常和爱欲之蔽。认为人的生命非常短促，世界上一切事物都无常变迁，劝人们抛弃世俗欲望，追求出家修道的修行生活。

［八］

《维摩诘经》读后①

维经诵罢望高天，
遮月黑云舞正欢。
谁见桂花沾夜露，
总闻大众苦三餐。
人间净土生心内，
彼岸渡船驻此间。
不二法门居士默，
自悟妙理勿劳喧。

---

① 《维摩诘所说经》：又称《不可思议解脱经》《维摩诘经》。后秦鸠摩罗什译，三卷十四品。叙述毗耶离（吠舍离）城居士维摩诘，十分富有，深通大乘佛法。通过他与文殊师利等人共论佛法，阐扬大乘般若性空的思想。其义旨为“弹偏斥小”“叹大褒圆”，批判一般佛弟子等所行和悟境的片面性，斥责歪曲佛道的绝对境界。它汇集众经要义，其宗旨在于解决人生的疑惑，破除虚妄的偏执，让人从研究转向修行之路，达到身、心、灵的自在解脱。僧肇在《维摩诘所说经注序》中称：“此经所明，统万行则以权智为主，树德本则以六度为根，济蒙惑则以慈悲为首，语宗极则以不二为门”，认为此即“不思议之本”。

[九]

《楞严经》读后①

历劫度世幻非真，
颠倒因缘化此身。
天月水月心中月，
鼓音经音法外音。
春花零落孕秋果，
爱恋缠绵造恨因。
遍数红尘三世客，
几人能守妙觉心？

---

① 《楞严经》：全称《大佛顶如来密因修证了义诸菩萨万行首楞严经》，又称《首楞严经》《大佛顶经》《大佛顶首楞严经》《中印度那烂陀大道场经》。唐般剌蜜帝译，房融笔受，怀迪证译。中国佛教主要经典之一。全经分为序分、正宗分、流通分三部分。第一卷为序分。讲述此经说法因缘：佛遣文殊师利以神咒保护阿难免受摩登伽女诱惑破戒，并为其说明众生流转生死，皆由不知常住真心性净明体。用诸妄想，此想不真，故有轮转。第二卷至第九卷为正宗分。主要阐述"一切世间诸所有物，皆即菩提妙明元心；心精遍圆，含裹十方"，众生不明自心"性净妙体"，所以产生了生死轮回的现象，修行人应避开行淫、贪求、我慢、瞋恚、奸伪、欺诳、怨恨、恶见、诬谤、覆藏，以免感召恶报，讲述修习禅定十信、十住、十行、十回向、四加行、十地、等觉、妙觉等由低至高的种种修行阶次，达到方尽妙觉，"成无上道"，最后讲述禅那中可能会出现的种种魔境界与后末世出现于人间的恶魔。第十卷为流通分。讲述此经应永流后世、利益众生等。

[十]

《六祖坛经》读后[1]

（一）

敬诵国人最上经，
佛言妙理豁然通。
千山万庙无二法，
三世十方惟一空[2]。
心悟顿开名利锁，
身行渐筑自由宫。

① 《六祖法宝坛经》：又称《坛经》，是中国僧人著述中唯一被冠以“经”的佛教典籍。唐代禅宗六祖惠能（638—713）说，弟子法海集录。本书记载六祖惠能一生得法传宗的事迹和启导门徒的言教，言简意丰，理明事备。其品目为自序、般若、决疑、定慧、妙行、忏悔、机缘、顿渐、护法、付嘱十品（据流通最广的金陵刻经处本）。中心思想是“见性成佛”，即“菩提自性，本来清净，但用此心，直了成佛”及“人虽有南北，佛性本无南北”。修行实践的核心方法是“无念为宗，无相为体，无住为本”。无念即“于诸境上心不染”，就是不论遇到什么境界都不起心动念；无相为体，即“于相而离相”，以把握诸法的体性，知一切相皆是虚妄；无住为本，即“于诸法上念念不住”，无所系缚。在禅宗的典籍中，《坛经》被视为无上的宝典。古代学者柳宗元、王维、刘禹锡等都推崇六祖，为撰碑记；近代学者钱穆认为《坛经》是探索中国文化的必读典籍之一。

② 明·潘游龙《笑禅录》里有一则笑话：一个小孩尿急了，跑到大殿，当着佛，把裤子一拉，撒尿。和尚气得骂，他却一本正经地说：十方三世都有佛，你要我向哪里尿？

不离不住如如在，
心海无波慧日升。

（二）

焚香静虑诵坛经，
再悟佛空非住空。
爱宠三千迷幻色，
芳流百世过微风。
此心谁缚情名利？
彼岸惟依佛法僧。
莫问我身何处去，
云飘天外水流东。

［十一］

《原本大学微言》读后[1]

听惯官场得者喧，
厚黑方拓仕途宽。
而今人诵先贤语，
自古诗传正气篇。
格致诚正善为宝，
修齐治平民作天。
史书翻检五千册，
罪首功魁可点圈。

---

① 《原本大学微言》：《大学》是儒家的代表作之一，相传为孔子的学生曾子（曾参）所著。它与《中庸》《论语》《孟子》合称“四书”，是宋代以后士人学子必读的教科书。文中以“明明德”“亲民”“止于至善”为纲，“格物、致知、诚意、正心、修身、齐家、治国、平天下”为目，对道德修养与社会政治的关系作了系统的论述，对我国古代的思想文化产生过深远的影响。本书是台湾著名学者南怀瑾先生有关《大学》的讲记。书名中说的“原本大学”，指的是《大学》的古本《小戴礼记·大学》。作者南怀瑾以渊博的学识综罗大量的文史典故，对《大学》中的微言大义作了揭示。

［十二］

《孟子》读后[①]

（一）

读罢经书色惨凄，
哀民千载命如鸡。
朱门酒肉填枯骨，
廊庙狼狐裹紫衣。
亚圣枉织仁政梦，
明王空许爱民期。
兴国必驯食人虎，
泪洒河山望向西。

（二）

漫卷经书字未批，
先师似被帝王欺。
皇家总害国家重，
霸道每嘲王道虚。
仁政说君织幻梦，

① 《孟子》是中国儒家典籍中的一部，记录了战国时期思想家孟子的治国思想和政治策略，是孟子和他的弟子记录并整理而成的。《孟子》在儒家典籍中占有很重要的地位，为“四书”之一。

爱民立宪筑石堤。
传言长夜能千古，
谁见雄鸡头未屈？

[十三]

《资本论》读后①

疑佛欧化马哲身②，
求善反趋揭恶因。
忍看劳工滴滴血，

---

① 《资本论》:《资本论》是卡尔·马克思（1818—1883）用毕生的心血写成的一部光辉灿烂的科学巨著，第一次深刻地分析了资本主义的全部发展过程，揭示了资本积累的过程和对社会发展的影响，认为“商品”是资本主义社会的最基本单元，商品的流通和对利润的追求会导致社会中经济与道德的冲突和分裂，主观的道德价值和客观的经济价值会分道扬镳，政治经济学应该研究价值的分配方式，使经济学的发展符合法律和道德观念。《资本论》以剩余价值为中心贯穿全书，是一个不可分割的整体。第一卷（1867年出版）是研究资本的生产过程，这是暂时撇开流通过程和分配过程来研究资本的生产过程，中心是分析剩余价值的生产问题。第二卷（1885年出版）是研究资本的流通过程，这是在资本生产过程的基础上来研究资本的流通过程，是资本的生产过程和流通过程的统一，中心是分析剩余价值的实现问题。第三卷（1894年出版）是研究资本主义生产总过程，研究资本的各种具体形式（如商业资本、生息资本等）和剩余价值的各种具体形式（如商业利润、利息、地租等），这是资本的生产过程、流通过程和分配过程的统一，中心是分析剩余价值的分配问题。第四卷（附在第三卷一同出版）是系统地分析批判资产阶级的政治经济学说，中心是分析剩余价值的学说史。《资本论》中心突出，结构严密，是一个非常完整的科学体系。用马克思自己的话说，《资本论》是“一个艺术的整体”。

② 佛有法身、化身、报身。佛以大慈大悲之心不忍见众生在苦海里挣扎，而以无上般若智慧指出解脱之路。马克思以超世情怀不忍见工人阶级在资本主义初兴时期挣扎于异化劳动的非人生活，而以伟大哲学家的智慧，分析工人阶级的痛苦根源，探讨解放的道路。令人怀疑这是佛以“示他身”的方式普救众生的一种显现。

积成资主累累金。
初兴已露垂暮气，
众恶归宗资本根。
理论如何成利器？
一人挥笔亿人奔！

读经济

[一]

《货币战争（一至五）》读后[①]

币纸纷飞货乱流，
谁识背后隐深谋。
资鲨结伙喝民血，
权虎携亲噬众头。
货币已成国信本，
金银未改众心筹。
今朝仗势愚牛马，
明日暴风卷蜃楼。

① 作者宋鸿兵是国际上“货币战争”一词的首创者，于2006年最早提出“货币战争”概念。已经出版的系列作品有：《货币战争》《货币战争2：金权天下》《货币战争3：金融高边疆》《货币战争4：战国时代》《货币战争5：山雨欲来》。

[二]

《中国资本论》读后

忧国莫论位卑尊，
民瘼萦怀见自深。
鹊噪遮羞求裹假，
枭鸣示警为揭真。
明堂欢喜朝霞色，
茅舍忧愁落日昏。
广厦千间不庇众①，
高楼万丈亦碎身。

① 唐·杜甫《茅屋为秋风所破歌》："安得广厦千万间，大庇天下寒士俱欢颜，风雨不动安如山。"

[三]

再读《海关发展论》[①]

重读旧作似闲心，
欲扫俗尘帚自珍。
再借东风挥苦翼，
将登岱顶唱高音。
忠忧可度何为尺？
才智难量谁是钧？
舞罢刑天抛玉斧，
换持浊酒醉黄昏。

---

① 《海关发展论》：作者樊兆华。这是一本关于海关工作的基础理论著作。作者首先在导语中阐述了海关基础理论建设的必要性和可行性，然后分别论述8个业务问题和8个管理问题，最后归结为1个海关发展问题。概而言之就是："海关的发展必须以对外业务为中心，准确把握进出关境活动的特点和规律，清醒认识海关控制调节职能的变化和调整，不断拓展海关监督管理的时间和空间，不断创新海关监督管理的手段和模式，不断改善海关监督管理环境，始终保持海关监督管理量的科学分布；海关的发展必须以内部管理为保障，科学认知海关内部矛盾，准确把握海关工作规律，正确制定海关工作方针，充分运用海关管理信息，努力建设科学民主决策机制，切实提高基层海关执行力，尽力形成有效权力监督，不断传承和丰富海关组织文化，始终保持海关内部管理的科学性和艺术性。只有这样，才能建设海关发展的坚强主体，才能获得海关发展的不竭动力，才能实现海关的科学发展，即对外业务、内部管理和海关人主体的全面协调可持续发展"。

读科技

[一]

《大数据时代》读后[1]

世间万物各相关，
人事留痕无意间。
今日谁张数据网，
几人能隐汗毛端？
千年巨变曙光露，
万众沉酣夜鸟喧。
要弄时潮争早渡，
莫随遗老咒前川。

---

① 《大数据时代》：作者为英国人维克托·迈尔－舍恩伯格、肯尼思·库克耶。本书是国外大数据系统研究的先河之作，作者被誉为“大数据时代的预言家”。作者指出，大数据带来的信息风暴正在变革我们的生活、工作和思维，开启了一次重大意义的时代转型。作者分别讲述了大数据时代的思维变革、商业变革和管理变革。

[二]

《信息简史》读后[①]

人类穷究万物源，
渐行渐远渐迷玄。

---

① 《信息简史》：美国百万级销量科普畅销书作家詹姆斯·格雷克七年磨一剑之力作。主要内容有：人类与信息遭遇的历史由来已久。作者笔下的这段历史出人意料地从非洲的鼓语讲起（第1章）。非洲土著部落在尚未直接跨越到移动电话之前，曾用鼓声来传递讯息，但他们是如何做到的呢？后续章节进而讲述了这段历史上几个影响深远的关键事件，包括文字的发明（第2章）、罗伯特·考德里的第一本英语词典（第3章）、查尔斯·巴贝奇的差分机与爱达·拜伦的程序（第4章）、沙普兄弟的信号塔与摩尔斯电码（第5章）。但人类开始自觉地理解和利用信息始于克劳德·香农在1948年创立的信息论（第6、7章）。香农的信息论不仅推动了信息技术的发展，也引发了许多学科的信息转向（第8章），改变了人们对于诸如麦克斯韦妖（第9章）、生命的编码（第10章）、模因（第11章）、随机性（第12章）、量子信息论（第13章）等的理解。部分科学家甚至认为，构成世界的基础不是物质，不是能量，而是信息。正如物理学家约翰·惠勒所说，“万物源自比特”。现如今，信息如洪流般淹没了我们，使我们深陷信息焦虑、信息过载、信息疲劳的困扰。但回顾历史，这并不是件新鲜事，人们也总是能想出应对手段。维基百科（第14章）、Google（第15章）便是我们的应对之一。无论对于信息的未来持何态度，有一点是确定无疑的，即我们人类是信息的造物。

质能互换[1]迷二象[2]，
比特同归定一元[3]。
身靠科学求解放，
魂依宗教祷安然。
信息非智智非慧，
拯救人心难上难。

---

① 质能互换：1905年，伟大的物理学家爱因斯坦提出一个令人难以置信的理论：物质的质量和能量可以互相转化，即质量可以转化成能量，能量也可以转化成质量，并且不违反能量守恒定律和质量守恒定律。如果用数学形式表达质量与能量的关系的话，某个物体贮存的能量等于该物体的质量乘以光速的平方。

② 波粒二象性：这是量子力学中的一个重要概念。在量子力学里，微观粒子有时会显示出波动性（这时粒子性较不显著），有时又会显示出粒子性（这时波动性较不显著），在不同条件下分别表现出波动或粒子的性质。这种量子行为称为波粒二象性，是微观粒子的基本属性之一。1905年，爱因斯坦提出了光电效应的光量子解释，人们开始意识到光波同时具有波和粒子的双重性质。1924年，德布罗意提出“物质波”假说，认为和光一样，一切物质都具有波粒二象性。不确定性原理表明，粒子的位置与动量不可同时被确定。

③ 万物源自比特：量子物理学家约翰·阿奇博尔德·惠勒认为，任何事物（任何粒子、任何力场，甚至时空连续统本身），其功能、意义和存在本身都完全（即便在某些情境中是间接地）源自比特。

[三]

再读地球往事三部曲《三体》《三体Ⅱ·黑暗森林》《三体Ⅲ·死神永生》①

科幻哲思比翼飞，
时空尽处探宏微。
历劫正叹人心险，
度厄方知宇宙黑。
渺渺有维光有度，
茫茫无际爱无辉。
问天屈子归天后，
文史千年又立碑。

① 地球往事三部曲，又名“三体三部曲”，是中国著名科幻作家刘慈欣的首个长篇系列。小说讲述了“文化大革命”期间一次偶然的星际通讯引发的三体世界对地球的入侵以及之后人类文明与三体文明三百多年的恩怨情仇。地球往事三部曲出版后十分畅销，并深受读者和主流媒体好评，被普遍认为是中国科幻文学的里程碑之作，为中国科幻确立了一个新高度。

［四］

《必然》读后①

小书堪比大师贤，
指点潮流说必然。
道路迷茫光透隙，
信息互化理翻盘。
时空真幻同一网，
事物人神共此船。
人类行来无止处，
波推浪裹永向前。

① 《必然》：作者凯文·凯利，被称为“硅谷精神之父”和“世界互联网教父”。前两部《失控》和《科技想要什么》在中国出版后，引起巨大反响。本书中凯文·凯利对十二种必然的科技力量加以详细的阐述，并描绘出未来三十年这些趋势如何形成合力指引我们前行的方向。

[五]

《未来简史》读后①

万载由谁定义人？
后凭自我前任神。
他神已死科学力，
自我正亡数据云。
算法无情吞世界，
数流有意造灵魂。
天敌赢尽终输己，
人死人生轻若尘。

① 作者尤瓦尔·赫拉利，1976 年生，全球瞩目的新锐历史学家，牛津大学历史学博士，耶路撒冷希伯来大学历史系教授，著有国际畅销书《人类简史》。作品《未来简史》以宏大视角审视人类未来的终极命运，甫一出版就在全球掀起一股风潮，引起广泛关注。

行路篇

行路，人生常事也；
行万里路，人生幸事也；
行路而有诗，犹飞鸿留爪痕，
人生可无憾矣！

[一]

登岳阳楼

十月二十五日，游岳阳楼景区。其时秋雨淫霖，浓雾笼罩，洞庭迷蒙。一行人鱼贯而入，先见“五朝楼观”铜制缩微楼模。风格各异之唐宋元明清五朝楼阁制式得以尽览。经“二公祠”，穿碑廊，过牌坊，到达名闻中外、名传古今之岳阳楼。岳阳楼乃中国四大名楼中惟一保持原址原貌之古代建筑。汉建安二十年（215 年），东吴大将鲁肃在巴陵山建阅兵楼。晋称“巴陵城楼”。唐朝李白赋诗后始称“岳阳楼”。宋庆历四年（1044 年）滕子京重修，请大文豪范仲淹写成千古名文《岳阳楼记》。楼以文传，从此成为天下名楼。可惜明代毁于战火。现楼为清光绪六年（1880 年）最后一次重建。楼高三层，琉瓦金黄，飞檐盔顶。楼顶悬“岳阳楼”金匾，乃郭沫若所书。入一楼，迎面是清代张照所书《岳阳楼记》楠木雕屏。拾级而上二楼，再见此屏。传说二楼为真，一楼为仿。寻阶上三楼，细瞻毛泽东手书杜甫《登岳阳楼》黑底金字雕屏。出楼绕廊，凭栏远望，大雾弥天，只眼底几艘轮船缓缓而过。回想千年古楼几度变易，而千古雄文却闪烁依然。感慨沧桑，忧乐纷杂，因以记之。

潇潇秋雨掩巴陵，
揽胜读文过洞庭。
文彩千年不褪色，
楼高百尺每移形。
青青竹浪离魂怨，
浩浩烟波迁客情。
阅尽沧桑兴废事，
进忧退乐乃从容。

［二］

游潮州韩公祠

一月二十五日，游潮州韩公祠。登韩山，望韩水，眺潮州古城，遥想“一封朝奏九重天，夕贬潮州路八千”之韩愈，谪居潮州八月，抛弃个人荣辱，一心为民办事，永树德政楷模，长得兆民感戴，以至山水易名，敬仰之心油然而生，特以诗记之。

韩山韩水韩公祠，
自古人心不偏私。
福惠万民留公论，
瞻拜千秋皆有诗。

［三］

游成都武侯祠

六月二十八日，独游武侯祠。过“汉昭烈庙”红底金字大匾入刘备殿。正中为刘备坐像，两旁分列关张父子塑像。殿外两廊为文武诸臣塑像，左文以庞统为首，右武以赵云为首。刘备像侧旁后方为配祀之刘谌塑像，通殿没有后主刘禅片影只字。出殿是一过厅，上有匾额书“武侯祠”三个大字，两旁连廊壁嵌岳飞手书《前后出师表》刻石。再前，则是武侯祠正殿，上有匾额，书“名垂宇宙”四个金字。门柱有多幅楹联，最中为清赵藩之“攻心联”：“能攻心则反侧自消，从古知兵非好战；不审势即宽严皆误，后来治蜀要深思”。殿内供奉着诸葛孔明贴金泥塑坐像，羽扇纶巾，神态儒雅，镇定从容。殿后还有“三义庙”、“桃园”等景，勿须详记。主轴建筑西侧是刘备惠陵，可惜当时不知。刘备亦算明君，仅凭一块帝胄招牌，起身于市井之间（“三义庙”刘备像上方“神圣同臻”匾即为清代靴鞋行业众姓弟子立），举起“重兴汉室”大旗，三顾茅庐请出卧龙诸葛，奋斗半生，终得天下三分之一，并享汉室正统之荣，理应一瞻，此憾只能后补矣。成都武侯祠为千年名胜，自古吟咏者众多，仅诗圣杜甫即有十二首之多，且有“出师未捷身先死，长使英雄泪满襟”“三分割据纡筹策，万古云霄一羽毛”等名句传世。今吾辈虽位低才薄，亦敢出拙笔，一抒感慨如下：

庙匾凌空皇帝挂，
祠名传世却由民。
明君枉自当前位，
庸主无由附后尘。
黛柏参天遮烈日①，
香烟绕殿祭英魂。
世功尽化锦江水，
不死千秋是精神！

---

① 烈日：在蜀犬吠日之成都，本少烈日。此句一指自然之日为柏树浓荫遮蔽，写客观之景；二指无处不照之皇权烈日为历史时间所遮蔽，写主观感受。且此烈日之“烈”隐对昭烈之“烈”，借同音而传深义。杜甫《古柏行》亦有句：“孔明庙前有老柏，柯如青铜根如石。霜皮溜雨四十围，黛色参天二千尺。”

[**四**]

游武夷山批朱熹

三月廿八、廿九日，游武夷山天游峰、九曲溪、虎啸岩、大红袍、水帘洞等景区，顺便参观朱熹纪念馆（内存武夷精舍两残壁）。武夷山号称“山不高而险，水不深而秀”，朱熹在此建武夷精舍讲学十年，创所谓集儒、释、道大成之理学，所著《四书集注》亦被元、明、清各朝指定为科举教科书。余却以为，朱熹是儒学罪人。看似融佛道入儒学，实为以佛道革儒命。儒学从此不食人间烟火，变得面目可憎。其谬理流传，非理学自身魅力非凡，全赖统治者强力推举。孔丘讲“仁者爱人”，孟轲讲“民重君轻”，朱熹讲“存天理，灭人欲”，其高下善恶，可一言而明矣。特作诗两首以批之。

（一）

孔圣先师讲立仁，
朱熹后进述修心。
儒家渐去人间味，

理派始得堂庙尊。
妄言一理合三教，
论罪千年无二人。
自闭武夷小山水，
哪见黎民稼穑辛？

（二）

天游峰顶云雾罩，
九曲溪流鱼蟹奔。
块石独立疑峰巨，
浅水回环似渊深。
世间千古只一理，
天生万物养百民。
朱门不解苍生苦，
徒留残壁供游人。

［五］

游杭州岳王庙

五月廿七日，早游岳王庙。西子湖畔，垂柳弄碧；栖霞山下，翠柏成荫。过“碧血丹心”牌楼，进岳庙，举见金匾悬空，上书“心昭天日”。入正殿，仰瞻岳王坐像，背挂“还我河山”金字大匾，为武穆手迹。后门有碑，诵岳飞名言：“文臣不爱钱，武臣不惜死，天下何愁不太平”。出殿转右，即是岳坟。守墓有翁仲石马，墓前一对望柱，上刻一副对联：“正邪自古同冰碳，忠奸于今判伪真”，乃沙孟海所书；墓阙下铁栅内，是四大巨奸铸铁跪像，墓阙门柱镌有石刻楹联：“青山有幸埋忠骨，白铁无辜铸佞臣”，乃出徐姓女子之手。再过碑廊，赏武穆书法“前出师表”，龙飞凤舞，气象万千。思岳飞一代豪杰，文武全才，所向披靡；只因缺少“政治智慧”，父子命丧贼奸之手，终致大业未成，只留盛名于世。感慨系之，作诗如下。

丹心碧血牌楼立，
心昭天日匾额悬。
栋梁不被国家用，
盛景留为后世观。
可怜文武全才将，
败于权谋单擅奸。
才瓯缺角终成憾，
今日思之亦泫然。

［六］

游普陀山

浙南普陀山，观音道场，佛教胜地，心慕久矣。五月廿五日，终于有缘登此名山。游普济寺，入大圆通殿，瞻观音宝像庄严，见众生顶礼膜拜。沿路而上，转至海岸边，极目远眺海中睡佛，回首仰观南海观音塑像。过不肯去观音院，听潮音洞涛响。上佛顶山，再游慧济寺，终睹高高佛祖。徒步下山，过云浮石，后游法雨寺。半日游山，不过浮光掠影；诚心礼佛，却是庄严恭敬。皆说普陀观音灵验，却不敢以一丝私念相求。众生苦难，佛救繁忙，不敢以一己之私妨碍佛救众生之公。心中默默伏拜观音：大慈大悲，普救众生，同享安乐，欢喜无限。切切念之，谨记。

夏日初游普陀山，
海天佛国妙无边。
寺里经声遮排浪，
殿外香烟入云天。

菩萨忙救众生苦，
凡人闲作壁上观。
德薄已愧天厚赐，
再敢劳佛即是贪。

［七］

游弘法寺记感

一月前某日，陪友游览深圳仙湖弘法寺。正在凝神观看新建旁院，突听扑啦一响，往脚下一看：一只黑猫嘴里叼着一只白鸽飞速逃进树丛不见了。在如此之地见到如此之景，自然诱发许多感慨。当时只默吟两句，今天终于写完。既不顾韵脚，也不管平仄，任情随意写去，只抒心中感慨，亦讲思索认知。

煌煌佛寺里，
走兽杀飞禽。
白鸽雅姿慢，
黑猫扑窜急。
梵经悠悠唱，
香烟袅袅飞。
背山依旧翠，
面水仍然碧。
禽魂已西逝，
兽心可向禅？

佛法感万物，
何难化一猫？
莫非经未译，
兽语难沟通？
众生趋佛寺，
礼拜又何为？
教延几千年，
道理又何在？
苦思又冥想，
灵窍始缝开。
外仪固难缺，
人心本自足。
真佛非塑像，
人心真佛图。

[八]

韶关曹溪南华寺游感

（一）

禅院深深瓦障烟，
行人接踵复摩肩。
善男拜像头碰地，
信女烧香手朝天。
谁解菩提烦恼送？
哪知般若自心搬！
世人尽道南华好，
六祖无言隐壁龛。

（二）

久慕曹溪六祖坛，
常思入寺睹真颜。
相逢咫尺难瞻礼，
拦阻寺僧先要钱。
祖述菩提本无树，
心存执念亦非禅。
何需肉体留尘世？
却助诈奸骗愚顽。

（三）

附商庙寺世多踪，
独怪曹溪用太疯。
佛殿几重通卖店，
寺僧些个伙职工。
开光签纸欺游客，
法物题额骗附庸。
我欲舍钱无献处，
琳琅赝品少坛经。

［九］

崂山春游

农历三月中，游青岛崂山“北九水”景区。顺水入山，峰回路转，时见丛丛野花，盛开于巉岩危壁之上，露影于深树杂草之中。山风袭来，落瓣无数，透出不尽春意。心有所感，当时难记，回深后数日记之。

三月天光树色新，
九水徊流潭影深。
山花不言春来早，
只将落瓣洒游人。

［十］

故园行

百顷良田披盛装，
彩云一片落山冈。
临风玉米缨缨紫，
向日葵花瓣瓣黄。
豆荚谷穗生层浪，
红果绿瓜透暗香。
一水傍田悄声过，
两岸黄花正芬芳。
古边绵延分省界①，
树荫浓郁掩村庄。
游人莫叹世路深，
故土寻园可养心。
门旁舞柳舒长袖，
院侧白杨合掌频。
热情最是前园果，

① 古边：即金长城，现命名为金界壕遗址，省级文物保护单位。作者家乡段以此为界，南为黑龙江省，北为内蒙古自治区。这是作者儿时经常玩耍并留下深刻记忆的地方。

争上枝头献殷勤。
后圃青蔬不甘后，
尽将新绿飨归人。
寻泉每临园中井，
避暑常逐树下荫。
近听黑犬独吠止，
远望白云自卷伸。
日驾飞车驰原野，
夜卧凉席数星辰。
闲多就把西游念，
心乱且将般若吟。
浑然不觉名利在，
梦里慈颜得相亲。
与父同叹人间事，
何日得脱羁绊身。
感念娘亲忙炉灶，
卷尽盘餮谢母恩。
更有手足情谊重，
共话沧桑感世纷。
乡亲闲话当年事，
韶华半改笑硕裤。
角色有别乐无异，

辛苦养儿闲弄孙。
莫叹人生路漫漫，
回首早过几十春。

[十一]

游西池残迹

红销十载藕丝残，
时引愁思入梦阑。
枯梗有形终向火，
遗香无迹可经年。
风吹泥絮疲疲舞，
浪打浮萍假假蜷。
毕竟岭南春色好，
藕根锄尽改耕田。

［十二］

南歌子·游阿荣旗西小河

水聚因草挤，
绿开缘河裁。
呢喃双燕春早来。
月夜暗香独嗅、蛙鼓腮。

身系天涯远，
思魂几徘徊。
梦归更添苦心捱。
想是小屋梯桥、旧痕白。

[十三]

戏作网上行

那年触网青杏新，
暮春风景也迷人。
琴音化蝶纷飞远，
词香凝墨写啼痕。
游鱼好戏千江水，
飞蝶爱嗅百花芬。
纵然网事多假事，
不碍真情换真心。

[十四]

春节·和冯德文关长

大年初二夜23点21分，意外收到冯关长手机短信："拙作《五律》拜年。瑞雪漫庭园，烟花舞夜空。遥斟一盅酒，香飘与君躬。康硕辞旧岁，畅达迎新春。莫道天涯远，知己总相通。"冯关长德文先生，其人虽然官至正厅，然于"以无才为有德、以无德为有才"的混浊官场中，仍能存一分书卷之气，继续作一个性情中人，殊为可贵，令人感慨。原本春节亦想作一诗，却总是有情无绪，难以落笔。受此激发，即和一诗，以手机短信于23点49分回复之。

南粤春来早，
花香伴海风。
旧岁方留恋，
新象已更生。
闻酒千里醉，
见诗方寸倾。
人贵真诚意，
此心与君同。

［十五］

梦遇方外友

友华某，六零后，喜读书，善赏画，待人谦和，接物淡然，平日茹素。曾共事三年，相处颇恰。后闻其有出家之念，亦长信劝留。其答曰：一念起一念灭而已。再闻其转岗早退，又传闻其已正式出家不归，不知何山何寺。内心既抑于红尘失此一友，又暗妒其独得解脱之乐。回想某年聚餐之时，余曾笑言：汝本好酒之人，然处酒肉场中而此心不动，相比寺墙之内不见酒肉之和尚，定力不可同日而语。不定哪天会抛弃我等遁入空门。他谦笑言否。谁知竟然一语成谶。每思其斩断尘缘，决绝出世，可能今生再无缘相见矣。不料上周末竟梦中相见：似遇于途中，其面色红润，言笑如常。余上前紧紧执手，口中感慨：想不到此生还能见上一面?!晨醒皆空，心情抑郁，舒而成诗。

一去红尘音讯渺，
梦中偶遇慰离愁。

分明把臂欢得见，
转瞬成空叹不留。
解画清音犹在耳，
谈书高见亦盈眸。
何时再梦补一问：
遁入禅林可自由？

[十六]

梦醒记感

（一）

梦里江南草永绿，
莺歌细雨柳生烟。
醒来只见天边月，
皎皎清辉照雪原。

（二）

梦持清水洗江山，
醒顾宽床只影单。
窗外闲花开正好，
朦胧不觉日三竿。

［十七］

不惑之年记感

人到四十惑转多，
头颅能耐命如何？
李广枉驰茫茫草，
孔丘空叹漫漫波。
扁舟驶处无仙岛，
蝶梦成时有烂柯。
所幸夕阳颜色好，
由缰信马放长歌。

[十八]

五十有感

天命早不问，
得失已从容。
观风帆起落，
听浪船止行。
烟雨迷蒙夜，
灯光璀璨城。
凭窗抬望眼，
透雾几重重。

［十九］

休假纪行

平常人，休平常假，遇平常事，以诗记之，难也。

北国野草绿，
南海白云焦。
避暑休长假，
探亲访旧交。
关山万里远，
空飞一日抛。
惊诧县城变，
浑忘村宅凋。
郊外疏国道，
镇内密塔叼。
西河流波静，
东山烈墓高。
公园花草盛，
广场锣鼓嚣。
慈颜身多健，

游子心少操。
老爹买啤酒，
老娘做肉包。
兄妹自来汇，
侄甥不用招。
合屋情溢溢，
满座话滔滔。
寿宴择吉日，
闲情看谷苞。
早步天霞起，
晚游地热消。
瓜香饱肚腹，
鱼肥涨餮饕。
醉享人伦乐，
错觉时光飙，
贺父七十寿，
全家聚一朝。
天佑家业旺，
人和福雨浇。
故土离别久，
同学闻相邀。
容颜多改改，
赤心仍昭昭。

敬师举满酒，
忆旧抚笑腰。
廿年重聚首，
一醉又分镳。
故乡长沉醉，
边关短遥逍。
当年展才智，
今日留德标。
朋辈常排列，
宴聚每中宵。
畅饮穹庐内，
欢歌天外飘。
起舞无须乐，
吃肉自动刀。
放言奶茶沸，
激情篝火烧。
休假一月整，
重情两肩挑。
人生情义在，
行路有斗杓。
永存感恩意，
仰看雨潇潇。

［二十］

雨中练拳记

一愿生成久，
嬉戏风雨中。
幼而慈母拘，
长大爱妻横。
迁延几十载，
念念在始终。
今夕慈母远，
爱妻监管空。
淋漓舞太极，
畅快蹈罡星。
动身随天地，
虚心归太空。
不咏去来辞，
高呼快哉风。
舞毕一抬头，
娇女擎伞等。
乖随娇女归，
合家乐融融。

有爱身可暖，
无欲心自童。
不才何太幸，
厚爱伴此生。
珍重如泰岳，
敬业亦修行。

［二十一］

白蘑记

十二月一日，午后与妻外出散步。十几天阴雨连绵之后，花树如洗，湿气氤氲，毫无冬日气息，此为生活岭南之幸。妻忽惊喜唤我。只见路边黄槐树下，两朵蘑菇并肩立于绿草地中。嫩白娇俏，惹人怜爱。心有所感，用手机拍照发微信感言：莫怨连天阴雨烦，白蘑出绿展欢颜。二日下午散步，再寻此蘑赏看，可惜发现蘑边已黑，拍照发微信感言：蘑生短暂，昨白嫩今黑朽。三日晚饭后散步，天已黑，再到此处，见蘑愈黑，闪灯拍照发微信感言：多情谁似我，夜探小蘑菇。五日晚饭后散步，仍到此处寻看，见白蘑几乎黑尽。闪灯拍照发微信感言：嫩色成空幻，惜别小蘑菇。六日晚饭后散步，再到此处找寻，只见已枯缩成两小干块，难以找见矣。闪灯发微信感言：草地寻蘑千百度，长长俯首，终见枯蘑草深处。时间又过两周至二十二日，再散步至此。白蘑早已无迹可寻，只剩茫茫绿草随风俯仰。对白蘑生处拍照发微信感言：白蘑已化黑泥土，绿草殷殷待重来。庶几一月之内，六探白蘑，诸多生命短暂人生过客之感慨。转思我观白蘑如此，佛观众生何尝不是如此？所幸其间成诗两首，三年后又成诗一首。皆附于后，读之可知：我不负与白蘑之缘，亦不负此生之心矣。

（一）

莫怨连天阴雨烦，
白蘑出绿展欢颜。
黄槐落瓣添花饰，
对此疑为春早还。

（二）

白蘑已化黑泥土，
绿草殷殷待复来。
人道有缘三世遇，
预留花饰嘱黄槐。

（三）

怅望黄槐花满树，
遍寻草地蘑未来。
老槐已是三开落，
谁见嫩蘑一露白。

[二十二]

晚登笔架山

四十愈惑人世空，
独向深山觅觉经。
心事纷纭摇摇树，
思魂浅淡朗朗星。
夜风比醉花香酒，
山路无明秋月灯。
苦辣酸甜皆常味，
何须长叹误短生。

[二十三]

登山遇雨

八月二十八日，下班后登笔架山练太极拳。暴雨袭来，移檐下续练如故。须臾雨过，天晴如洗。感慨记之。

带雨黑云过山岗，
沉雷翻滚水成墙。
低头大树神无主，
露色小花身有伤。
清风乍起高天净，
原野遍铺翠绿光。
矮檐恰是修行处，
一笑淡然向斜阳。

［二十四］

岭南春景三首

（一）

岭南春日叶飘零，
静随细雨动随风。
树下堆黄枝上绿，
难寻生腐变换踪。

（二）

落红莫忆当红日，
新绿总压旧绿枝。
枯黄零落归泥土，
万类生生更替时。

（三）

落叶落红一径飞，
春光秋色混成堆。
岭南多少新奇景？
惹动禅心一笑微。

［二十五］

假日摄影偶成

看图难辨夏春秋，
假遇五一同日收。
莫笑岭南风景怪，
历者方寻彼岸舟。

[二十六]

岭南冬日有感

蓝天似洗艳阳悬，
涂彩白云傍秀峦。
暴雪狂风袭塞北，
红花绿树满岭南。
心无负载行方稳，
胸有风光意自闲。
颓志悠游君莫笑，
花茵铺野好酣眠。

［二十七］

中　秋

去岁中秋，全家静坐于街心公园。无意间，联句成诗：“高楼连广宇，明月照人寰。都市新来客，逍遥不羡仙”。今年中秋，全家驱车至莲花山公园。妻女嬉戏，我却独坐呕诗。感天地不言，四时流转，季变如期，景别南北；叹人生多憾，圆满难求，心随物移，情因景换，遂成是诗。

南国八月暑气熏，
不觉中秋已悄临。
街前易见繁花艳，
树下难寻落叶金。
季节不由人变换，
人心却随月浮沉。
自是人间多缺憾，
寄情天上一月轮。

[二十八]

住深圳

岭南岁月岂堪夸？
卧看楼群绿裹扎。
夏有凉风酣众酒，
冬无冗事赏繁花。
春惜雨水植风木，
秋诵金经悟邦家。
终解东坡诗啖荔，
人心随遇始生葩。

［二十九］

红耳鹎安家阳台有感

好鸟鸣春结伴来，
高楼花树尽开怀。
虬枝作栋帮巢筑，
厚壁遮风助卵排。
天悦鸟飞山绿染，
人忧客惧步轻抬。
修德必有芳邻聚，
风水在人不在宅。

［三十］

昨夜台风记感

啸窗撼树覆天河，
谁惹鲲鹏翅乱搏①？
上卷乌云山颤抖，
下击白水路纡折。
天心难测听风语②，
民怨不息毁富国。
众志成城万里远，
方敌风雨百年磨。

① 《庄子·逍遥游》："北冥有鱼，其名为鲲。鲲之大，不知其几千里也；化而为鸟，其名为鹏。鹏之背，不知其几千里也；怒而飞，其翼若垂天之云。是鸟也，海运则将徙于南冥。——南冥者，天池也。"

② 一指自然之风，取天象示警人间传统义，二指国风之"风"。《汉书·艺文志》曰："哀乐之心感而歌咏之声发，诵其言谓之诗，咏其声谓之歌。故古有采诗之官，王者所以观风俗、知得失、自考正也。"《食货志》曰："孟春之月，行人振木铎徇于路以采诗，献之大师，比其音律以献於天子。"

[三十一]

大鹏海关赋

海浮七陆，天堑之通途；关据要津，为国而守户。大鹏阔海，航通世界；大鹏雄关，屹立海滨。巨轮掀浪，同白云飞上下；众柜堆山，与梧桐比高低。关上国旗，同朝阳竞色；头顶关徽，与晚霞争光。打造中国一流海关，比肩世界一流海港。笑脸当前，守法人如禾苗逢春雨；剑眉立侧，走私者似落叶遇秋风。廿年时光，倥偬而过；百代芳名，艰辛于成。容江纳河，大海之度量；翱天翔云，大鹏之志向。求义求利，天下之公理；为国为民，海关之魂魄。关庆之道，无逾于此。欣逢盛事，谨以记之。

［三十二］

小梅沙基地赋

海关基地小梅沙，真正山海灵秀处。后倚梧桐之山，峭然可峙；前临大鹏之海，振翮欲飞。晴空曜曜，碧绿蔚蓝可分际；细雨霏霏，山岚海雾全浑然。丽日出，朝晖越山；红阳坠，晚霞映海。山基之傍，海岸之上，深关楼阁，早建于此，再经修扩，乃成规模。丛树园圃之间，五楼分列；青草蔓延之坡，两亭对立。白日可远眺层层叠翠之山峦，黑夜能仰观熠熠闪亮之星点。闻山风海涛之协奏，放喉齐歌；吸绿叶红蕊之混香，陶然已醉。山高名士来居；水深蛟龙自聚。运动场中，每见健儿虎跃；观海亭上，时听才子凤鸣；饮宴厅里，偶尔觥筹交错；会议桌前，时常策论纵横。人因地杰，地由人灵；事自地旺，业缘才兴。百年漫道雄关，而今从头起越！遇此兴时，逢此盛事，谨以记之。

［三十三］

赋为内蒙古大学哲学系八六级同学三十年聚会而作

天生万物，惟人最贵；人创众学，是哲至尊。学府堂皇，矗立大青山下；众师饱硕，云集桃李湖边。山列围屏，挡风寒于塞外；水育菁英，迎群生于四方。东有兴安林表之秀，携手嫩江黑土之华，乘时而来；西有祁连山底之丰，相伴富湖黄沙之美，顺势而至。南有红山文化之脉，同此辽河源头之水，齐驱而达；北有革命英雄之土，结彼钢城俊杰之士，并驾而到。四方草原之明珠，咸集首府之青城；各秉灵性之根器，同化时代之骄子。

四年大学教育，犹炼钢之淬火；四载青春时光，似开花之着露。淬火一瞬，铸坚钢一世之用；着露一时，凝鲜花一生之美。我等平凡，皆出农工草根之家；吾辈骄傲，领走时代精神之前。渴求真理，苦读中外名著；追慕善良，试法古今贤达；企望美好，明辨左右道路。向往民主，齐发呐喊之声；崇尚自由，勇迈前进之步；

期待平等，先论转型之变。儿女情长，不忘责任在肩；兄弟酒醉，只为情义入怀。同学竞技，从来友谊第一；师友论争，一贯师理兼爱。不负青春，燃情似火；不愧天地，挥汗如雨。获哲学之大，吾辈心高眼阔，始终志存高远；得哲学之学，我等身正步稳，一直脚踏实地。

青城一别，转瞬卅载。当年各担己志，分头进取；今日不负众望，共有所成。虽无栋梁之用，却有砖瓦之功：为国添砖，增半毫精神之高；为民加瓦，减一丝雨雪之苦。虽非富贵之人，亦是家庭之柱：以德行世，堂上父母安心；凭才立业，膝下儿女有样。斜阳再聚，执手涕零；天命重会，张臂相拥。卅载风尘，满倾杯酒；九州豪气，尽展歌喉。一宵之聚，万里之别。临别勿泪，再赠心言：明日山高路远，且保身健心宽；明日波翻浪涌，但持神定信坚；明日鸢飞鱼跃，再弄时代之潮；明日鸟歌兽舞，只随人心所向。不负所学之哲，不绝先哲之履；不忘初心之正，不惧春秋之笔。聚会之道，尽皆在此。欣逢盛会，谨以记之。

[三十四]

祝那吉屯一中八六届
高三（四）班三十年聚会

阿伦河畔聚群英，
歌满群山笑漾风。
卅载风尘热泪里，
九州气魄酒杯中。
真情久住来天地，
实意绵长越时空。
暂借南天明月色，
遥思远祝上高峰。

［三十五］

练书偶得

癸卯年，春日晨，正练书。娇女游戏至前曰，每日弄笔，能以吾名成诗乎？余大笑提笔，即席成之。好不得意，每每以此自夸于老妻。

樊篱深处藏娇花，
北地南移是归家。
溟运自有观音送，
诚信天道不偏差。

[三十六]

安家满洲里，为女儿一周岁生日而作

猴年腊月已难寻，
泽东同诞更少邻。
浮游北海择吉日，
雏凤一出裂乾坤。
迟迟冬日临前院，
冽冽西风扫后尘。
云起天边当空舞，
树绽银花报早春。
自此堂皇为人父，
铁肩磨凹担千金。
室陋能藏娇娇女，
胸宽不掩血情亲。
动气塞外木兰女，
颦眉西湖浣纱人。
额比北宋苏小妹，
智高西汉卓文君。
咿呀学语蹒跚步，
谪仙不觉落凡尘。

白驹过隙日千里，
十载伊甸只一春。
大大蛋糕红红烛，
九层天上许愿心。
不求四顾无颜色，
只盼膝下有清音。

[三十七]

借调北京，为女儿两周岁生日而作

北风无意剪窗花，
冬日有心莅小家。
小城装点皑皑雪，
大漠收起漫漫沙。
天伦何必分璋瓦，
室陋偏藏娇娇花。
流年似水烛又亮，
始觉白驹过身擦。
起步蹒跚落脚稳，
对镜自语替咿呀。
怒来戟指滚京去，
笑隐花树唤寻她。
自觉惭愧为人父，
蓬飘五月走天涯。
伊人大义家中守，
寂寞苦累损春华。
话筒寻父父在京，
身陷繁嚣心悬家。
彩烛不能桌前点，
贺诗遥寄补缺差。

[三十八]

出差深圳，为女儿七周岁生日补作

南国春色满园好，
不及北地一枝香。
男儿胸怀容四海，
半寸柔肠无处装。
家有娇女堪雏凤，
清声嘹亮满学堂。
诞日欢娱慈颜少，
父在天涯心在乡。
两泓秋水迎飞瀑，
一对桃花送霞光。
勤敏机谐精灵鬼，
疑是智星落尘纲。
天赐秀外慧中女，
人生得此称饱囊。
更祷苍天再降福，
北鲲化作南鹏翔。

［三十九］

初到鹏城，为女儿九周岁生日而作

北地南天万里遥，
亲情阻隔网作桥。
父爱慈心可飞渡，
贺卡新添诞日肴。
为将深根植红壤，
再负牛犁拓荒郊。
孤鸿只念雏与伴，
呕血衔泥垒新巢。
快意最是家中讯，
来报庭树结新桃：
诗歌过目即成诵，
哲言入腹便能消。
常出深言幽默语，
偶成佳篇兴更高。
纵然厌弃红装扮，
爱女天生也称娇。
初惊小女忽长大，
才觉两鬓发始凋。

灯海车流连波涌，
却是心潮逐浪涛。
南方细雨北方雪，
从来只为多情飘。
且待新年传佳信，
齐聚鹏城度良宵。

［四十］

安家深圳，为女儿十周岁生日而作

十年岁月不平凡，
北溟有鱼飞上天。
无意取名成佳谶，
鹏城落脚正家园。
初生窗外风雪紧，
而今园内百花妍。
堪怜当数我家女，
小荷渐露新角尖。
提笔文思涂满纸，
张口英语诵成篇。
每弄足球呼喝起，
闻声疑是健儿男。
终将深根植红壤，
常于子夜谢高天。
回首方知天意在，
福星随女父欣然。
苗绿能知秋色满，
雨顺不忘勤耘田。
祈愿喜见烛火跳，
南国高楼梦可酣。

[四十一]

居深圳，为女儿十四岁生日而作

倏忽又是一年冬，
树绽百花冠紫荆。
寒风冷雪文中事，
丽日蓝天暖在胸。
十四红烛今夜亮，
绝胜新都满街灯。
四十不敢称不惑，
膝下清音多喜惊。
迷史有志一路北，
释俗无意流行风。
素服难掩文五彩，
善心更映貌芙蓉。
亭亭高枝池中举，
重重香阵不知踪。
更值慈父圈点处，
敢脱母翼比雏鹰。
学业艰难躬牛背，
公车独乘挤人丛。

德智同身茁壮长，
功到自然人才成。
阳光少女本天赐，
百愚一智记恩情。
为谢上苍殷勤顾，
忠国敬业苦修行。

[四十二]

旅广州，为女儿二十一岁生日而作

庆诞浓氛天地装，
岭南关北共芬芳。
暖催彩瓣妆庭树，
冷刻冰花饰晓窗。
厚地公平养万物，
独钟吾女谢上苍。
廿年成长凤凰木，
摇曳高枝溢彩光。
常沐熏风宜红壤，
敢植黑土历雪霜。
媚娇不改男儿性，
北越群山南涉江。
东岛西沙留足印，
汉食蒙味染齿香。
不移爱史初衷志，
书海长航恋苦舱。
自爱爱人人品贵，
有情处处尽家乡。

将雏挈妇来南海，
一纪白驹过酒觞。
半世奔波何所剩？
亲情永驻慰心慌。
剖心沥血万言信，
解悟期期望远方。
世道坏透觉无力，
心事苍茫赖诗彰。
惟奉虔心勤祈祷，
天泼福雨润家邦。

[四十三]

居深圳，为女儿二十三岁生日而作

冬至鹏城劲力微，
通衢花树绣成堆。
风抚翠岭溶溶暖，
日照高楼跃跃辉。
鲲化飞鹏栖海畔，
翩翩爱女又南归。
登台讲课如神助，
运笔作文似圣推。
尽力撑开博爱伞，
倾心启动智识扉。
师前生叫回巢燕，
课后知成入土胚。
畅意按图游古迹，
聊饥用字省新炊。
厅堂能上厨能下，
贤母举匙父举杯。
凡夫借酒问高天，
谁掌人生顺逆关？

逆处千途难过苦，
顺时一季大收欢。
苍天有眼不多语，
勤赏好运懒赏鞭。
行尽修德敬业事，
不观风水不抽签。
娇儿华诞送诗礼，
老爸旧容绽喜斑。
再祷青天多佑护，
我儿展翅上高巅。
登峰纵目东南海，
万顷碧波一笑间。

[四十四]

观　云

云乃天花任赏玩，
驻足游目兴陶然。
清风明月有钱买，
静气平心无外援。
世事亦如云变幻，
人心恰似月缺圆。
悟得观不关心意，
过好浮生日日闲。

［四十五］

行走梅林山道中

蝉噪鸟鸣虫乱唧，
弯直石路势高低。
彩蝶慢舞蚁急过，
杂树夹拥竹拱揖。
难觅野花春渐老，
已知天命气长嘘。
友人遁世禅林坐，
我隐南都自在嬉。

［四十六］

漫步鹏城洪湖岸边

蝉噪急如阵雨匆，
香风断续扰行踪。
蓬蓬圆盖擎白露，
袅袅娇荷仰绿松。
曲径通幽行有止，
纹波漾日跃无声。
无边声色迷人眼，
一入禅心尽化空。

[四十七]

公祭汶川地震死难者

2008年5月12日14时28分，汶川发生8.0级地震，人死以万数。国务院决定5月19日至21日为全国哀悼日。5月19日14时28分起，全国人民默哀3分钟，汽车、火车、舰船鸣笛，防空警报鸣响。公祭普通死难者是中国政治文明一大进步，谨在此以诗纪之。

九州同默送离魂，
十亿浓哀可触神。
浊泪黄河流九曲，
昏光红日隐全身。
国殇自古因君设，
公祭于今为民存。
轨入尊民强国道，
龙腾四海迹可寻。

［四十八］

冬行笔架山中

周末，读鲁迅《狂人日记》至“黑漆漆的，不知是日是夜。赵家的狗又叫起来了”，心情大抑。抛书下楼，折进笔架山行走舒散，所见所感记如下：

前路弯曲山影压，
行人疏落口哼哈。
落红成阵风犹舞，
老树伤根花硬发。
谁道寒冬隔岭北？
莫名冷意透萧杀。
铅云罩顶无逃处，
洗面雨丝砺若沙。

［四十九］

生活杂事一感

尘事繁杂莫奈何，
进无坦路退无辙。
佛经难止急心水，
儒典不扶倦体陀。
情义无常何恋恋，
善真有报再磨磨。
悟空悟到无心处，
风抹微尘撒向河。

［五十］

生病自嘲

三月下旬，突患面瘫。只眼盈泪，无关胸中悲喜；嘴角下撇，绝非蔑视他人。虽经努力调治，状态已经大好，但病尾却缠绵不去，惹起不尽烦恼。早听佛说，烦恼即为菩提，一直怀疑迷惑。今借此病之机，细细参悟，证实所言不虚。诗记如下：

佛言烦恼是菩提，
特借邪风解惑疑。
嘴眼歪斜成见破，
乐悲失控妄心移。
抚唇知戒贪痴念，
拭泪看清尘世迷。
江水东流月影碎，
悟得空字弈残棋。

[五十一]

周日种菜口占

一盆肥土闲无用，
半种蒜苗半栽葱。
莫嫌生活淡似水，
自添味料胜鸡精。

［五十二］

周六浇花口占

碌庸世事废闲心，
缺水庭花萎叶根。
伤心惹怒鲜花蕊，
紧闭闺门不现身。

[五十三]

昨日球场偶感

老腿犹能赛场奔，
东风无力撩老心。
秋悲春怨悄然去，
酒到陈年味始醺。

［五十四］

与友谈半生经历感叹

盛世谋生道尽非。
仕途蹭蹬已心灰。
叹嘘进路逆淘汰，
顾盼沉舟无助推。
怨世莫如责己错，
尤人怎比笑他卑。
性格难改命难改：
有脸自尊无胆黑。

［五十五］

为恋爱二十周年而作

三月二十三日，恋爱二十周年纪念日，作诗谨记。岁月平常，诗词难成。毕竟纪念，勉强成之。

春夜犹寒新月升，
天云地树两朦胧。
游鱼接喋传尺素，
飞燕呢喃浴暖风。
廿年长路倏忽过，
百岁良缘渐始成。
狮吼鸟鸣仙籁曲，
长歌短奏皆是情。

［五十六］

为恋爱三十年纪念日而作

今天是恋爱三十年纪念日。犹记那时，你我求学于北国小镇，黑土正在解冻，南风吹面不寒。你雪面星眼、蓝袄红巾。我挽你手，依偎白杨树下，喁喁低谈，畅望人生长路。而今安家南国都市，楼高厦广，树秀花繁。有女雏凤，清声已鸣。此皆当年奢望之外事也。人生如此，确应知足，更应惜福。今特以诗记之。

最忆春风解冻时，
心头撞鹿倚芳枝。
卅年缠绕结同本，
一念相守至白丝。
揽镜虽伤肤面坠，
抚膺难止恋心痴。
夕阳携手流连处，
履迹沾情尽化诗。

［五十七］

别日纪事

晨送老妻漠北飞，
懒移只影隐书堆。
爽风穿户催沉脚，
明月临空启厚扉。
散步湖边识彩瓣，
练拳山顶仰清辉。
怡然有伴难独处，
诗借离愁入酒杯。

［五十八］

西江月·旅途

心海生云阵阵，
长空雁叫嘎嘎。
北南南北为寻家，
疲惫春秋冬夏。
爱恋青山明月，
珍惜枯柳黄沙。
众生各自有芳华，
解脱无非放下。

咏物篇

咏物，物触于心也。

咏物成诗，其物触心也久，

其诗积心也厚，机缘而已矣。

[一]

水调歌头·千禧夜咏

灵秀江南地，
雄浑漠北川。
更有王风霸气，
千古贯中原。
苏柳词开新纪，
天骄鞭挥欧亚，
只酒醉弓弯。
真正风流者，
崛起井冈山。

英雄血，
情人泪，
都已干。
两千年越过了，
飞鸟一翩然。
帝王将相余恨，
才子佳人遗情，
逝去全如烟。
唯有黄河水，
长流天地间。

［二］

解连环·咏本义

目凝眉锁。
叹春归无迹，杏花零落。
便剩有、满径遗香，
余韵绕芳菲，已然成昨。
醉里夕阳，
又激起、飞霞如鹤。
盼蝶回窗口，
托愿黄粱，孤枕高卧。

多情每遭冷漠，
却难求慧剑，斩丝割索。
恨霜风、太早东来，
把秋水柔情，化作冰铁。
痴心仍想，
再闻琴、旧诗新和。
浑然忘：
荒原白雪，西天冷月。

［三］

咏木棉

木棉，又名英雄树。木棉花，又称英雄花。春来花开，冬寒自去；夏至绿浓，暑热门开。其花开，热烈如火；其树立，坚硬似铁。爱其花，喜其树，为乐居岭南一大缘由。一直有梦：筑庭园于罗浮山中，背山面河。庭植四树，一木棉、一白兰、一橡胶榕、一凤凰木。院养一土狗，库存一越野车。树下置石桌，刻围棋盘，摆紫砂茶具。旁列一架，上挂龙泉宝剑。每日树下喝茶、读书、散步、养花。闲则吟诗作词，乏则练拳舞剑。友来品茗斗棋，客去闭门自乐。兴发出门旅游，兴尽回家静养。能独坐而观心冥想，亦上网与世界沟通。梦想易，现实难。以今日之境况，离此梦尚有十万八千里路之遥。不妨吟咏木棉，且于灵山先植一株耳。

巨树蓬蓬对远山，
白云携手不为单。
鲜红一举寒阵退，

翠绿四张热浪欢。
角甲披身不欺众，
干戟立地敢刺天。
英雄自古甘寂寞，
笑看柳丝舞成烟。

［四］

咏白兰

新宅装修毕。妻曰，可养白兰，常开香浓，且有诗云："多情不改年年色，千古芳心持赠君。"南国花海，常开者多，香浓者众，然有如此动人诗者稀，遂养一株。后办公室装修毕，亦置一株。浇水培土，日日莳弄，不觉已成爱花之人。日则对花顾赏，目悦心怡；夜则拈花放枕，闻香入梦。因诗而爱花，复以诗咏之，亦爱花人自然之事矣。

芸芸众树幸知君，
未见闻诗已醉心。
香透浓枝风送远，
白出绿叶月识真。
德淳默默凭栏伫，
情切殷殷对我申：
不与万花争艳色，
独持洁净立乾坤。

［五］

咏大榕树

大榕树，岭南常木，触眼即是。吾独爱其蓬勃顽强之生命，尤喜其中橡胶榕秀美披离之大叶。钟爱木棉、白兰、橡胶榕、凤凰木四树为乐居岭南一大缘由，因以咏之。

红尘独立势非孤，
一木成林傲万夫。
枝叶乘阳上下长，
须根寻隙纵横舒。
蓬勃生气惟自养，
直挺风骨岂他出。
试看翻覆天地里，
何人望远振臂呼？

［六］

咏凤凰木

凤凰木，亦名红花楹树，因其鲜红花朵配鲜绿羽状复叶，被誉为世上色彩最鲜艳之树。岭南多用为园林造景或行道遮荫，世人习见而不奇。吾独爱其热烈高标之性，与木棉、白兰、橡胶榕一道构成支撑精神殿堂之四柱，因以咏之。

南山有木望苍茫，
羽叶纷披霞欲翔。
彩带飘飞招彩凤，
高身直立语高阳。
众花扰攘争肥土，
一士淡泊养热肠。
行远自能分上下，
懒听枯草论短长。

[七]

咏人参果

春日，于空中花园盆植一株人参果树。日前，已长成蓬勃五枝，树型甚佳。浇水施肥，期花盼果，因以成诗。

幻化何缘成此身？
累劫愿力注青春。
众生得乐宁舍我，
一念不行枉费心。
遥见秋来枝上笑，
但惜春去雨中新。
佛心可化身千亿，
一粒微尘一善根。

［八］

咏佛手

佛手又名九爪木、五指橘、佛手柑，为芸香科常绿小乔木，被称为“果中之仙品，世上之奇卉”。其叶色泽苍翠，四季常青。其果色泽金黄，香气浓郁，形状似手，千姿百态，妙趣横生。吾去年自植一株佛手，日日精心莳弄，终得“妙手”一只，喜剪群枝围护，乐扶众叶衬托，对之沉思冥想，似得佛理入心，因以咏之。

佛祖拈花一笑去，
却留妙手挂梢头。
枝排金杵倾身护，
叶展绿帷借雨揉。
住灭随缘惟自乐，
穷通有定莫他求。
众生碌碌奔忙苦，
对此歇心揽画轴。

［九］

咏残石

书柜摆一残石，粗砺浑黄，满透沧桑。乃女儿去秋赴西北沙漠旅游所拣，辗转万里，负重携回。今以诗咏之。

沙砺风剥剩此身，
千年寂寞守荒村。
曾踞峰巅托烈日，
转沉瀚海数黄昏。
有缘无翅飞南岭，
外秀中实渡北津。
莫问前行何处止？
从来天意在人心！

［十］

咏荷花

妖桃艳杏费春光，
却让芰荷来补偿。
谁知惹得蜻蜓妒，
先偷花瓣一抹香。

［十一］

咏 海 棠

海棠无香，却享“国艳”之誉。世间人、社会事，多相类也，因以诗讽之。

山生野长本平常，
屈体适盆巧胜狂。
谁借暗香通款曲，
暂凭亮色挤高堂。
纤枝何力撑屋盖，
媚影偏能饰幕墙。
风落涧松千尺冠，
左思旧语问斜阳。

[十二]

再咏海棠

深红败尽剩枯根，
野草蓬勃挺绿身。
见惯人情知物理，
思及花运解人心。
娇生自恃出身贵，
惯养皆因处世昏。
亮色纤枝终粪土，
乘风绿草赴新春。

[十三]

咏簕杜鹃

簕杜鹃是深圳市花，又名三角梅、九重葛、叶子花等，为常绿攀援状灌木。三年前种一盆簕杜鹃，今已爬满阳台。春来怒放，似红霞天降，真可谓“赏心乐事我家院”，因以诗咏之。

天际红霞落地开，
谁呼造化舞尘埃。
虬枝耐剪芟方密，
嫩叶喜湿灌也衰。
春梦深深托酒睡，
闲情郁郁借花栽。
息心乐享躬耕趣，
天下合分不复猜。

论诗篇

论诗，学人之事也。

公人论诗，人生余事也，

且敢以诗论诗，其勇不亦可嘉乎？

[一]

以诗论诗之一

情为诗命贵浓真，
象是诗身忌刻痕。
内情外象浑一体，
上品下流自两分。
莫向辞句求末技，
应于灵台植深根。
老杜何由成圣手？
贫病不移济世心。

［二］

以诗论诗之二

格律堪称诗脉搏，
定型特质两相得。
句合音韵车入轨，
字犯仄平堤溃河。
北调南腔万里远，
今音古字千年隔。
老杜晚节诗律细，
未必尽合普话则。

［三］

以诗论诗之三

词若砖石句若墙，
雕词砌句始成房。
草堂窗外千秋雪，
金殿门中一桶姜。
写景抒情容理入，
遵格守律任心翔。
杜诗世代称神妙，
百炼千锤返平常。

后　　记

追寻诗意的生活，是我人生的基本态度；提炼人生的诗意，是我生活的一贯追求。

《诗书养心》的出版，是我内心看重的一件大事。

感谢妻子红英。她是学中文的，做过十一年的语文老师。她是我诗词的第一读者，是修改意见的提出者，也是我不尽标准普通话的日常修正者。

感谢女儿北溟。她是读中文的，已是小有名气的青年语文教师。在这个名牌横行的世界上，一线都市长大的美丽大女孩儿，向老爸索要的生日礼物每每是一首诗。

感谢诗人清歌（李安林）。她是诗友中最懂格律的，对古典诗词有着多年修炼的功力。她对全书进行了认真的阅读，提出了许多宝贵的意见。她的修改建议几乎被我全部采纳，除非为了保持早期作品的原貌或因无力修改只能作为古体诗欣赏。

感谢书家蔡智敏。他是相交多年的挚友，习书多年，诸体皆通，尤擅隶书。特请其书写了书名，为本书增雅。

感谢中国商务出版社的工作人员，为本书出版付出了艰苦的劳动。

樊兆华

2017 年 5 月 17 日